金田一探案集 ⑪

狱门岛

〔日〕横沟正史 著　　王丽丽 译

南海出版公司

新经典文化股份有限公司
www.readinglife.com
出　品

目录

序章　金田一耕助去往狱门岛

从备中笠冈城南行二十七公里左右，大致在濑户内海的中间位置，即刚好位于冈山县、广岛县和香川县三县的交界处，有一座周长不足八公里的小岛，叫狱门岛。

狱门岛——关于这个不祥名字的由来，自古至今地方史学家众说纷纭，其中最合理可信的一点是，其实这座岛的正确名称是北门岛，而这一名称据考证可是颇有来头。

从藤原纯友那时算起，濑户内海的海盗就已赫赫有名。以前，凡是来自中国大陆经赤见关进入日本心脏地带的贸易船只，无不为濑户内海勇猛剽悍、频频出没的海盗头痛不已。这些海盗势力此消彼长，却始终未曾绝迹。他们自遥远的奈良时代①一直存续到江户时代②初期。尤其在吉野朝时代，其势力达到鼎盛。众所周知，在南北

① 日本历史上指以平城京（在今奈良市西）为首都的时代，时间为 710 年到 784 年。

② 日本德川幕府统治的时代，时间为 1603 年到 1868 年。

朝对峙的六十年间，濑户内海的海盗发挥了巨大的作用。[①]

世间通常称这些海盗为伊予海盗，因为他们的巢穴遍布伊予海岸线到燧滩、备后滩之间的岛屿。狱门岛当时就由一伙海盗占据，成为他们的北部据点，于是被他们称为北门。这就是北门岛名称的由来。后来不知从何时起，又改成了现在的名字狱门岛。

还有一种说法，倒也没有什么确切的历史记载。说是在江户时代初期，这座岛上出了一名身长六尺七寸的彪形大汉，名叫五右卫门。此事在全国上下传得尽人皆知。自那时起，这座岛便被称为五右卫门岛。后几经更迭，变成了现在的狱门岛。

北门岛和五右卫门岛——究竟哪种说法才正确？其实现在我也无从得知。然而，关于这座岛被冠以狱门岛这个不祥名称的由来，诸家的说法似乎没有多少出入。

详情如下。

在德川幕府时代，狱门岛乃中国地区[②]某一大名管辖的飞地。彼时，这尽是花岗岩的孤岛上遍覆红松林，住在这里的是极少数用最原始的方法捕鱼的渔民。传说，他们正是上述那些海盗的后代。某天，管辖此岛的大名忽然决意开发这座小岛，将它指定为流放地。此后年复一年，领地内原本应判死刑却又降罪一等的犯人们被放逐到这岛上来，这里便渐渐得了这个不祥的名字。

即便如此，谁也说不清楚，在江户时代的三百年间，有多少不幸的人被送到了这座岛上。他们当中尽管也有一小部分人后来获得

---

①日本在 1336 年到 1392 年间曾出现两个皇统对峙的政治局面，称为南北朝。北朝以京都为政治中心，南朝则以京都南部的吉野为政治中心。

②指日本本州岛西部的山阳道、山阴道地区，包含鸟取、岛根、冈山、广岛、山口 5 县。

赦免得以回归故里，但绝大多数在此终老一生，化作了岛上的泥土。而且，留下来的大部分人都与所谓的海盗后代——当地的渔民结婚并生儿育女。再者，少数获得赦免回归故里的人当中，也有些在逗留期间与岛上的女子山盟海誓，私下结合，有了孩子。

明治[1]之后，流放制度虽遭废止，但由于岛上居民的排他心理极强，又加上受自然环境的制约，他们鲜少与其他岛上的居民通婚。因此，说如今住在狱门岛上的三百户、一千多口居民全都是海盗和犯人的后裔，基本上没有错。

若在这种岛上发生犯罪，调查起来何其艰难，从曾经多年在濑户内海的某个岛上担任小学教师的 K 先生口中便可略知一二。他对我这样讲过："我待过的那座岛上的居民有一千人左右，他们彼此之间通常有两三代甚至五六代姻亲关系，所以可以说整个岛上的居民简直就是一个大家族。在那种地方，即便来些外地的巡警，能干什么呢？如果发生案件，全岛上上下下的口径完全一致，巡警也只能束手无策。岛上的居民之间发生纠纷，就比如说物品遗失或者钱财被盗吧，巡警接到报案立即展开调查，好不容易调查出嫌疑人了，他们却私下里达成了和解，说什么东西不是被盗，而是放进衣柜太靠里忘记了……唉，既然他们这么说，不去在意倒也罢了。可有的时候，真是棘手得很呢。"

一般的岛屿尚且如此，更何况是狱门岛这座居民不是海盗后裔就是流放罪人子孙的特殊小岛。由于周边的岛屿都非常排斥这座岛，这里的居民对外来者的敌意也异乎寻常。一旦在这样的岛上发生案

①日本睦仁天皇在位期间使用的年号，时间为 1868 年到 1912 年。

件，可想而知警方会多么头疼。

然而，偏偏就在这里发生了案件！而且还是无比可怕的案件。

来历不明的杀手犹如梦魇一般，有计划地制造了一连串充斥邪气与诡计的杀人案。太符合狱门岛这个名字了。因为这一连串可怕的案件简直诡异恐怖到了极点，几乎无法用语言真实还原，甚至令人根本无法相信。

写到这里，为避免给诸位读者造成误解，笔者提前声明，狱门岛绝非遥远海域的孤岛，只是一座濑户内海里的小岛，所以能偏远到何种程度，自然不必细说。岛上不仅通了电，还有邮局，每天都有固定的一班渡船从本土[①]的备中笠冈城驶来。

事情发生在二战结束一年之后，即昭和[②]二十一年九月下旬。这天，一艘三十五吨级的巡航船“白龙号”正要驶离笠冈港口。船舱里挤满了形形色色的乘客，其中半数左右是近来手头比较宽裕的农民，他们是专程从神岛去白石岛吃鱼的；而另外一些，则是各个岛来本土采购物品的渔夫及其家眷。濑户内海诸岛都盛产鱼虾，却不长稻谷，因此岛上的居民都拿鱼来换米。

在船舱内破旧不堪、污迹斑斑的榻榻米上，挤满了乘客及其行李，连个落脚的地方都没有。汗臭味、鱼腥味、油漆味、汽油味、废气味，这些无论哪种都不会给人美好感觉的气味混杂在一起，充斥着整个空间。经不起折腾的，闻着可能早就吐了，可那些渔夫和农民的神经都相当坚韧。他们非但毫不介意，还用这一带居民特有的高亢语调与周围的人谈笑风生，好不热闹，虽然聊的内容根本不

①指本州岛。

②日本裕仁天皇在位期间使用的年号，时间为 1926 年到 1989 年。

值一提。

船舱的一个角落里坐着一名有些与众不同的男子。他身穿哔叽日式裤裙，头戴一顶皱皱巴巴、完全不成样子的呢子礼帽。如今即便在家的时候，乡下人都穿西装或类似西装的衣服了，更何况外出旅行的时候，阿猫阿狗都穿西装。挤在船舱内的男乘客中，除了他，就只有一个穿和服的了。但那是位出家人，没有办法。

这年头，依旧坚持穿和服的男子应该多多少少有点儿顽固才对。而眼前这一位，不仅面相普普通通，个头也矮小，实在是其貌不扬，只有皮肤显露出南方人的黝黑，却丝毫感觉不出有多健壮，年龄约莫三十四五岁。

船舱内嘈杂不堪，这名男子却始终充耳不闻似的靠着窗户，呆呆地望着窗外。濑户内海碧波荡漾，到处都是风景如画的岛屿。这名男子却不是一副陶醉其中的神色，一双眼睛看起来昏昏欲睡。

从神岛开到白石岛、北木岛后，许多乘客陆续下了船，船舱里几乎没什么人了。驶离笠冈三个小时后，船再次从真锅岛起航。原本那么喧闹的白龙号船舱里，只剩下了三名乘客。

就在这时，发生了一件让那名男子禁不住目瞪口呆的事。

“哎呀，这不是千光寺的师父嘛。我刚才一点儿没留意。您这是去哪儿了？”

一阵夸张的男人声音传来，惊得临窗而坐的男子猛然间从睡意中清醒过来。

回头一看，打招呼的是一个四十五六岁的男人，一看便知是渔夫。他身穿一套很不合身的卡其色西服，似乎是军队的处理品。吸引临窗男子的不是这名渔夫，而是被他称为千光寺师父的另一个男人。

那人年龄大约在六十——不，看上去或许更接近七十岁，但身材高大，体形厚实，简直如正当壮年般生气勃勃，硕大的五官也给人以沉甸甸的分量感。一双大眼睛澄澈温和，却又流露出某种令人不禁背脊发寒的锐利。他白色和服的外面罩了一件方领外套，光头上戴着一块带提花图案的圆头巾。

和尚眼角堆起鱼尾纹，露出温和的笑容，从容不迫地应道："哎呀，是竹藏啊。我也完全没发现你在这条船上。"

"人真是多啊……师父，您这是去哪里了？"竹藏又问了一遍。

"我啊，我是到吴市弄吊钟去了。"

"吊钟……啊，就是战争期间捐出去的那口吊钟吧，还在啊？"

"嗯。幸亏没被熔掉，还完好无损。"

"您是去弄吊钟的……那东西在哪儿呢？"

"哈哈哈，我再怎么有力气，也不可能提着吊钟回来呀。我只是去办理了一下手续，过些日子再找岛上的年轻人把它运回来。"

"哦。需要的话就让我去吧。吊钟能平平安安地归来，真是可喜可贺。"

"是啊。吊钟也算是复员了。"

和尚微微一笑。这时，竹藏往他跟前凑了凑。

"对了，说到复员我想起来，听说分家的阿一最近也要回来了。"

"分家的阿一？"和尚忽然紧盯着竹藏的脸，"你怎么知道？部队来通知了？"

"不是从部队上。前天……不对，是大前天吧，一个自称和阿一同部队的人忽然跑到岛上，说是来帮阿一带话的。那人说阿一平安无事，身体很好，让大伙儿放心，还说阿一可能乘下一班或下下班船回来。早苗听了高兴极了，又是招待他吃饭，又是收拾礼物让他带回去。”

“噢，那个人回去了吗？”

“嗯，回去了，在岛上住了一晚，真是狠赚了一笔。要是本家的千万也活着就太好啦。”

“是啊，要是本家也活着就好了。”和尚闭上眼睛，仿佛要把胸中积郁之气吐出似的低声说道。

就在这时，临窗的男子来到了谈话的两人身边。

“打扰一下，请问您是狱门岛的了然师父吗？”

和尚睁开眼睛，打量着眼前这个人。

“对，我是了然，你是……”

男子打开随身携带的皮箱，取出一封信，拆开信封，抽出一张叠成细长条的纸递给和尚。纸似乎是从笔记本上撕下来的。

和尚满脸不解地接过纸条，只见上面写着“金田一耕助君转交”。他这才恍然大悟般再度看了看眼前这名男子的脸。

“这不是千万的笔迹嘛。”

穿哔叽日式裤裙的男子点了点头。

“这金田一耕助就是你吧？”

男子又点点头。

“这上面的收信人写的是我、村长和村濑医生三个人的名字。我可以先在这里打开看看吗？”

“当然，请吧。”

和尚打开折叠的纸条，淡淡的铅笔字迹一看便知是疾书而成。

从头到尾迅速浏览完一遍之后，他按原样叠好。

“把信封给我，这封信就暂时交给我保管吧。”和尚把纸条装进信封，又从怀里掏出一个大纸袋，将信封插了进去，然后才慢慢回过头来，对穿日式裤裙的男子说：“你打算找个清静的地方休养上一段时间，于是本家的千万告诉你说狱门岛恰好是最适合休养的理想之地，并向你介绍了我、荒木村长和村濑医生。于是，你就过来了。应该是这么回事吧？”

男子点点头。“怎么样？会不会给各位添麻烦呢？米我倒是稍微准备了一点儿……”

“啊，那倒无所谓。岛上再怎么缺米，也不差你一个人的口粮。况且又是本家千万介绍的，谁也不会推辞，你想住多久就住多久。只是……金田一先生……”

“请讲。”

“本家出什么事了吗？不，我想问的是鬼头千万太他自己怎么不回来呢？”

“鬼、鬼头君他……”男子结结巴巴，没再说下去。

“他被打死了吗？”竹藏战战兢兢小心翼翼地从旁插了一句。

“不，他没被打死。战争结束后——直到今年八月份他还活着。但在运送复员士兵的船上……”

“死了？”

男子默默地点了点头。“应该不久就会接到政府的正式通知。我受鬼头君所托，先来告诉大家一声。”

“唉，真倒霉啊……”竹藏忽然一反常态地怪叫一声，双手抱头，沮丧不堪。

三个人一言不发地沉默着，全都眼神空洞地注视着前方。

过了好久，和尚才恶狠狠地开口道："本家去世而分家得利，我决不允许这样的事情发生！"

伴随着阵阵单调的马达声，白龙号向前驶去，船尾留下一条白色的航迹。此刻濑户内海湛蓝澄澈，一派安详，但那翻腾着的浪花似乎在预示一场暴风骤雨即将来临。远处不时传来轰隆隆的爆炸声。

第一章　戈耳工三姐妹

金田一耕助——如果诸位读者看过《本阵杀人事件》，应该很清楚他是个什么样的人物。

昭和十二年，在冈山县农村的旧本阵①家中曾发生过一起离奇的密室杀人案。而成功解开谜团的，就是当时只有二十五六岁的金田一耕助。此后他又做了些什么呢？其实什么也没做，而是度过了一段空白期。和日本其他的青年一样，他也被送上战场，在硝烟中耗费掉了人生中最珍贵最美好的时光。

最初的那两年，他在中国大陆，此后则被辗转派往南洋多个岛屿。战争结束的时候，他正在新几内亚岛的威瓦克。

在那场战役中，日军遭受重创，几乎溃不成军。后来，金田一耕助所在的部队与友军会合后进行整编，鬼头千万太一直伴他左右，与他同生共死。鬼头比金田一耕助小四岁，但同样是在昭和十年从

①本阵是日本江户时代经官方许可供大名等住宿的驿站旅馆。此处的旧本阵指曾经营过本阵的人家。

学校毕业后立即被派往中国大陆。他与耕助所走的路线差不多完全相同，最后也来到了新几内亚岛。

出生于东北的金田一耕助与出生于濑户内海的鬼头千万太意气相投，两人总是形影不离。鬼头千万太曾患过相当严重的疟疾，动不动就会复发。每当这个时候，在他身旁精心照料的，就是金田一耕助。

自从昭和十八年以后，新几内亚岛上再没发生过一场战斗。美军完全没把残留在那一带的小队人马放在眼里，很干脆地忽略掉了这座岛。就这样，金田一耕助等人滞留在敌人的大后方，又无法与友军取得联系，只能过着整天与杂草抗争、希望渺茫、前途惨淡的日子。

士兵们由于患热病或营养失调陆续倒下。在毫无人员补充的战场上，倒下一个就少一个。

眼见队伍人数越来越少，活着的人终日承受着绝望感的啮噬。军装与军鞋早已破烂不堪，所有人都如鬼界岛的俊宽[①]般凄惨狼狈。

谁料想，大家忽然在煎熬中迎来了战争结束的消息。

至今金田一耕助回想起当时鬼头千万太的喜悦之情，仍觉得不可思议。

“这下子我们能活着回去啦！”他扯着嗓子喊道，仿佛终于从肩上卸下重负、终于从漆黑的密室中被解救出来般欢欣雀跃。在金田一耕助看来，他兴奋得太过极端，太过异常。

没有人不为战争的结束欢呼，也没有人不像厌恶蛆虫一样厌恶

---

①日本平安时代（794－1192）末期僧人，因参与企图推翻当权的平家的活动而被捕，遭流配并死于鬼界岛。

死亡。然而，实在没有人像鬼头千万太那样惧怕死亡。每次疟疾复发时，他就像小孩子害怕黑暗似的，在死亡的阴影下瑟瑟发抖。这个体形魁梧、身强力壮的男人性格刚毅，在面对其他一切事情的时候明明比任何人都勇敢，他竟然会这么怕死，太不自然了。这个男人对于生的渴求如此强烈，如此露骨，甚至带有一种令人毛骨悚然的意味。尽管如此执着，他还是死了，而且就死在再过五六天就可以到达故国的复员船上……金田一耕助受鬼头千万太之托，前往狱门岛向他的家人报告死讯。

在来这里之前，金田一耕助顺便去拜访了资助他完成学业的久保银造先生（详情可参照《本阵杀人事件》）。他还记得，那时久保先生对他说了这么一番话："阿耕，你到狱门岛去真的只是为了传达战友的死讯吗？假若真是那样也就算了。但如果你去那里还有另外的目的，或者心里还有什么想法，我劝你还是别去了。阿耕啊，狱门岛是座很可怕的岛，你去那里干什么！"

久保银造先生最了解金田一耕助。说完这番话，他用担忧的目光注视着金田一耕助，似乎想从他的脸上寻找答案。

"真是'往日兵燹之地，今朝绿草如茵'[①]啊。"

"哎？您说什么？"了然的声音一下子惊醒了冥想中的金田一耕助，他慌忙询问道。

了然凭栏遥望翻腾的蓝色浪花，应道："我说的是那声音啊。"

"那声音……"

就在金田一耕助反问的时候，远处又传来轰隆隆的爆炸声，直

---

①日本古典名篇《奥州小路》中的句子，作者是江户时代著名诗人松尾芭蕉（1644－1694）。

彻云霄。

“啊……那是在引爆水雷吧。”

“远处的是水雷。近处的嘛，你瞧，是对面那座岛上在拆毁军事设施。这不是‘往日兵燹之地，今朝绿草如茵’吗？真想让芭蕉看看这场景。”

怎么在这种奇怪的地方冷不丁地提起芭蕉？金田一耕助疑惑不解地看着了然的侧脸。了然也朝他转过头来。

“这附近还好。再往西走，因为靠近吴市，是个岛就全是坑，简直跟蜂窝似的。传说在哪座岛上还有个秘密制造毒气的工厂，这回政府又在为怎么处理那些毒气大伤脑筋呢。我们岛上也建了防空监视所、高射炮阵地什么的，还来了五十多个士兵。那些家伙在山上到处乱挖，弄得全是洞。这也就算了，战争结束后却连收拾都不收拾一下，撤得倒挺麻利。真是不像话！不是有句诗叫‘国破山河在’吗，我们这儿简直是‘国破山河改’啊。你看，前面就是狱门岛了。”

时隔很久之后，金田一耕助都无法忘记那时从白龙号的窗口望到的狱门岛。

濑户内海半晴半阴。狱门岛以西，秋日的天空高远澄澈，在夕阳的余晖中一片透亮；狱门岛及以东的天空却如同涂了一层铅粉，黑压压地低垂着阴郁的乌云。如此背景之下，狱门岛在海上屹然耸立。这时，夕阳的余晖恰好斜射到岛上，整座岛看起来耀眼夺目。据说，这一带的岛屿在濑户内海形成之前都是山峰。因此，不管哪座岛上平地都极为有限，悬崖陡然立于海岸线边的情况并不罕见。狱门岛更是把这种地形特征表现到了极致。总体而言，狱门岛上并没有太高的山，但这座岛本身就仿佛从海中忽然跃起一般，四周尽是数十丈高的悬崖峭壁。而在这些悬崖之上，又隆起一座座长满了红松的小山丘，像倒扣的研钵似的。半山腰上，隐约可见零星几户白墙人家。阴森恐怖的天幕似乎眼看就要倾压而下，这些白墙住宅却在夕阳中泛着美丽的光芒。说不上什么缘故，金田一耕助觉得这番光景在暗示整座岛的命运。这个念头的出现，让他不禁背上生出丝丝寒意。

“你看，那高处建的就是我们的寺院。还有下面的白墙大宅子，看得见吧？那就是你要去拜访的本鬼头家。”

了然从窗边指着岛上的建筑向金田一耕助介绍。这时，巡航船恰巧绕着一处悬崖转了个大弯。寺院和那些住宅瞬间从他们的视野中消失了踪影。绕过悬崖，呈现在眼前的是一个平坦的海湾，周边的地面起伏缓和，四处散落着渔民们的茅草屋。一艘小船正从海湾深处向这边慢慢划过来，是船运店派来接乘客的。前面也提到了，这一带的岛上平地极为有限，所以即便是区区三十五吨级的小蒸汽船，要安安稳稳地横靠岸边也绝非易事。每座岛上都有小型船运店，专门来往接送巡航船上的乘客。

驳船恰到好处地停在了巡航船边。

“师父，您回来了。哎呀，竹藏你也一起吗？吉本先生，这些东西麻烦您送到白石的志村那里好吗？还有，请您代我向美代问好啊。哈哈哈。”

三人一登上驳船，巡航船立即掉转方向，噗噗吐着白烟，劈开宁静的海面驶向远方。驳船被巡航船震得晃晃悠悠，也缓缓地向岸边划去。

“师父，这位客人要去您那里吗？”

“啊，这位啊，他是本鬼头家的客人，暂时会在岛上逗留一段时间，你们可要好好关照人家。”

“这样啊……对了师父，吊钟怎么样了？”

“吊钟啊，已经谈妥了，那边决定还给我们。我打算这两三天内就找几个年轻人去把它运回来，到时候就有劳你了。吊钟很重，恐怕搬的时候又要惊动不少人。”

“那倒是不碍事。不过话说回来，搬来搬去的还真是麻烦。早知道这样还不如当初不捐出去呢！”

“唉，话也不是这么说。谁知道会吃败仗呢。此一时彼一时。”

“说得也是。哎，到了。”

驳船靠到栈桥边的时候，整座狱门岛已被积雨云盖了个严丝合缝。顷刻间，大颗大颗的雨滴顺势落了下来。

“师父，您运气真好，到得正是时候。要是再晚一点儿，可就要淋成落汤鸡啦。”

“是啊。看样子这场大雨一时半会儿停不了呢。”

登上栈桥，就是一条平缓的上坡道。

“竹藏。”

“哎。”

“你能不能帮我先到本家跑一趟，告诉他们我马上要带客人过去？”

“哦，好的。”

“啊，对了，还得麻烦你去趟村长和村濑医生那儿，让他们也到本家来。就说是我让你带的话。”

“好的，明白了。”

竹藏小跑着离开了，了然跟金田一耕助两人也加快了脚步。不管是恰巧在码头的人，还是路上遇到的人，只要见了了然，都恭恭敬敬地向他行礼致意。然后无一例外，每个人都向金田一耕助的背影投去奇怪的眼神。

诸位读者假如亲自去过这种岛，得知僧侣的势力多么强大，肯定会禁不住大吃一惊。对于天天打鬼门关前经过的渔民来说，信仰是绝对需要的。而支配这种信仰的僧侣，几乎等同于掌握着生杀大权。在岛上，连村长也要看寺庙住持的脸色行事。比如小学校长，就经常根据住持的好恶任免。

出了渔民的村落，道路猛然间变得险峻起来。爬上这处陡峭的羊肠小道，前面出现了一座宽广的宅院。从下面望去，简直是一座小型城堡。只见从山坡到山谷，高高地筑着一道长长的花岗岩石墙。石墙的上面，又是一排镶了护板的白墙长屋。围墙里面，几栋独立的瓦房错落耸立，屋脊勾勒出复杂的边角。这就是狱门岛上最有权势的船东——鬼头家。

了然和金田一耕助来到长屋门前时，里面慌慌张张地跑出来一名男子。此人头戴一顶旧得褪了色的圆顶硬礼帽，身着和服式呢绒大衣，脚穿白色短布袜。他脚步踉踉跄跄，蝙蝠似的大袖子也一甩一甩的。

“啊，师父，刚才竹藏说您让我过来……”

“幸庵，我们到里面再说吧。”

这人约莫五十五六岁，鼻梁上架着一副铁框眼镜，嘴唇上的两撇泥鳅须和下巴上的山羊胡子全都弯弯曲曲的，给人感觉邋里邋遢。看样子是匆忙套了件衣服就跑出来了，呢绒大衣里面似乎还是印有家徽的和服短褂与裤裙。

根据了然刚才的称呼，金田一耕助得知此人就是岛上的中医——村濑幸庵。

穿过隧道一样的长屋门，又出现了一个宽大气派的玄关。大概是听到了他们的脚步声，三人刚进玄关，一名女子立即从屋里跑了出来，在大屏风前伏地迎接。看清女子面容的那一刻，金田一耕助不由得瞪大了眼睛。他做梦都没有想到，在这座名称不祥的岛上，在这样古老的船东宅邸里，竟然会有如此出众的美人。

女子看起来二十二三岁，穿着略微宽松的焦茶色套装，烫过的秀发如波浪般打着蓬松的卷披在肩头。要说装饰品，就只有那条系在白衬衫领口处的红色细缎带了。

“欢迎。”

她双手伏地，往上看的眼睛里带着一股楚楚动人的柔情。丰满的双颊配上一对大酒窝，更让她看起来和蔼可亲。

“早苗，我带客人过来了。姑娘们在家吗？”

“嗯，在里面……”

“哦，那我们进去吧。金田一先生，请进。幸庵，村长应该马上也就过来了，我们到里面去等吧。”

了然简直像在自家一般，率先走进玄关。早苗诧异地看着金田一耕助，但一接触到他的视线，脸上便泛起了一片绯红。她慌忙从了然手中接过方领外套。

“师父，到底是什么事啊？您让我赶紧到本鬼头家来，我摸不着头脑，就跑了过来。对了，这位是……”

“幸庵，竹藏没跟你说吗？”

“没有，他什么也没对我说，只让我赶紧过来。”

“啊，这样啊。那我们到里面说吧。对了早苗，方才听竹藏说阿一还健在呀。”

“托您的福。”

“哎呀，太好了。这下子至少……啊，村长来了。”

村长荒木真喜平与中医村濑幸庵年龄相仿，体形则截然相反。幸庵瘦得像只鹤，而村长却又矮又胖，说得更准确些，或许形容为身材又宽又扁平更为恰当。他身穿一件晨礼服，看来也是匆匆忙忙换了件衣服就赶了过来。

“师父，有什么急事吗？”

不愧是村长，说话口气还比较镇定。

“嗯，我们正等着你呢。先到里面去吧。”

村长刚脱掉鞋子走进屋内，刹那间倾盆大雨在玄关前像瀑布般倾泻而下。

“嗬，好大的雨啊。”中医幸庵捻着他那泥鳅须嘟囔道。

雨水顺着房檐齐刷刷流下来，宽阔的院子里仿佛立了一排排冰柱，不久便化为一片白茫茫的世界。一行人经过外廊来到十叠[①]大的里间。

“早苗，这里真不错。你去叫姑娘们赶紧过来。不过，应该还会化化妆吧。哈哈哈。好了，大家都请坐吧。哎，有点儿暗呀。幸庵，你把灯打开。”

灯一打开，金田一耕助立即注意到了壁龛里摆着的两张照片。

---

①日本计量房屋面积的单位，1叠约为1.62平方米。

照片上的人都身穿军装。除了死在复员船上的鬼头千万太之外，另一名青年恐怕就是刚才大家谈论到的分家的阿一吧。从长相上来说，他跟早苗非常相似，两人应该是兄妹。

“那么……”了然见众人都落了座，便朝村长和幸庵医生各看了一眼，开口道，“找各位前来不为旁事。我先来介绍一下。这位金田一先生是千万的战友。”

幸庵医生眼前一亮，重新打量起金田一耕助来。村长则只是撇着嘴一声不吭。

“千万请他带回来这封信……”

村长和幸庵轮流看过信后问：“那……千万他……”

“他死了。死在复员船上……”

听到这句话，幸庵一下子泄了气似的垂下肩膀，山羊胡子也哆嗦个不停。村长低声呻吟着，似乎不相信这是事实，耷拉下来的双唇可怕地扭曲着。随后那三人陷入充满紧张气氛的沉默，金田一耕助很久之后都没能忘记这一幕。不知为何，那沉默不由得让人感到毛骨悚然。一股几乎肉眼可见的阴郁之气如同潮水般迅速淹没了整个空间。

檐廊外依旧下着瀑布般的大雨……这时，一个轻佻的声音自远处传来。

“早苗，客人在里面吗？”

刚说罢，不知哪边的格子门被拉开了。

“哎呀，没在这里啊。”

“准是在对面啦！那个十叠的房间。”

“雪枝，你说客人是哪位呢？”

“不会是鹈饲先生吧？”

“你真笨。鹈饲先生的话，怎么可能从玄关进来呢。他一定会悄悄地从后门溜进来。”

“见谁呀？”

“还有谁，当然是来见我啦。”

“哎呀，笨蛋，是来找我的啦。”

“姐姐，等一下，你看我的腰带这样可以吗？”

“可以。你系得很好看啦。”

“可是我总觉得没系好。月代姐姐，你能帮我重新系一下吗？”

“阿花，我不是说已经系得很好看了嘛。你再这样磨磨蹭蹭的，客人都要回去了。哎呀，雪枝好狡猾哦，竟然自己走到前面去了。”

吵吵嚷嚷的说话声和吧嗒吧嗒的脚步声越来越近，不一会儿在格子门的后面停了下来。隐约可以听见她们在说什么“不认识这个人呀”“长得不怎么样的一个男人”之类的悄悄话。姑娘们断断续续的谈话和窃笑声传进金田一耕助的耳朵里，他禁不住羞得面红耳赤。

了然见状苦笑道：“哎，姑娘们，在那边叽叽喳喳地说什么呢。快过来跟客人打招呼。”

“哇，原来他们听得见啊。”

她们前仰后合地笑了一阵子，这才一个个装模作样地走进客厅。只见三个姑娘全都身穿舞伎似的长袖和服，腰带系得高高的。她们靠着格子门的一边坐了下来，一低头，插在发髻上的花簪便如梦如幻地轻轻摇晃。

三人刚一落座，金田一耕助吃了一惊，不由得瞪大了眼睛。

“金田一先生，这三位是千万的妹妹，月代、雪枝和花子——她们是挨肩儿出生的，最大的月代十八岁，接下来各差一岁。”

这三个姑娘尽管美丽，却有些不同寻常。当这三朵不合时节绽放的鲜花出现在眼前时，金田一耕助只觉一股令人毛骨悚然的寒气迅速从脊背上蹿过。他这时才意识到，完成自己肩负的使命并非易事。

在闷热的复员船中，鬼头千万太像腐烂的鱼虾般慢慢死去。临死时，他一边拼命地呼吸，一边挣扎着重复道：“我不想死。我……我……不想死。如果……我不回去，我的三个妹妹会被杀掉的……可是……可是我已经不行了。金田一君，请代替我……代替我去狱门岛吧。以前我给过你一封介绍信……金田一君，我一直没有告诉你……其实我很早之前就知道你是谁了……本阵杀人事件……我从报纸上读到过……你去……狱门岛吧……代替我去……三个妹妹……堂弟……我堂弟他……”

鬼头千万太刚说到这里，就一下子咽了气，在那个充满恶臭、蒸笼似的复员船船舱里……

太阁大人临终之时

“那先生您就住在千光寺里吧。寺里倒是清净，不过生活上应该不太方便。”

“也没有。我已经习惯这样的生活了。而且现在不管去哪儿都不会有什么好事。”

“哈哈……说得也是。我上次去了趟大阪，真过不了城里的日子啊。我算是想明白了，就是脑子犯糊涂，我也不会住到城里去的。”

“老板，您的老家在哪儿？听口音您不像这岛上土生土长的。”

“我吗？我是个流浪汉，全国各地都让我给逛遍了。其中待的时间最长的是横滨，所以啊，现在看到东部的人就觉得亲切。先生您就是那边的吧？”

“我和您一样，也是个流浪汉。最近刚从新几内亚岛回来。”

“那跟我的情况可不同啊。哈哈哈，不过那是因为战争，没有办法。您应该是东京那边的吧？”

“嗯。在被弄到部队之前，我住在东京。但回来一看，所有的家当早已被烧了个干干净净。所以啊，我打算暂时就这么在各个海岛上走一走看一看。”

“这么说，您的遭遇还真不济。身体有哪儿不舒服吗？看上去可不大像啊。”

“我身体没问题，只是总感觉疲乏无力。”

“唉，那是肯定的了。经历了那么一场愚蠢的战争……您就在寺里吃好喝好安心休养吧。有什么好担心的呢？反正有岛上最大的船东做靠山。啊，要把头发分开吗？”

“不用，这样就行。再把那边的剪得稍微短些就好了。”

“真是人各有所好啊。您这头发可是不得了，连梳子都梳不开，我还是头一回见，开眼界了。”

“哎呀，可别这么说。我把它们留成现在这样可是颇费了一番工夫。想当初一到部队就让人给剃了个大光头，伤心死我了。简直跟剪了毛的绵羊似的，一点儿形象都没有了。”

“哈哈……您把头发留得这么长，就不必担心着凉感冒了。”

清公是狱门岛上唯一一家理发店的老板，因为在横滨待过很长一段时间，似乎对自己的一口江户腔很是得意。但他的江户腔和金田一耕助的东京腔一样，听起来都怪怪的，掺杂了很多方言。盯着水银脱落得斑斑驳驳的镜子，耕助在心中暗暗盘算。自己今天来可是另有目的。逮着与这个清公交流的机会，应该多少能打听出一些岛上的情况。

耕助来到这座岛上已经十多天了，依然被当成稀奇古怪的外来客。因为有鬼头千万太的介绍信，他到哪儿都不会遭人怠慢。可这些都是表面上的，大家看上去亲切和蔼，实则全部身穿铠甲对他时时戒备。诚然，到这种岛上来的异乡人一开始谁也免不了有这种感受。但耕助隐约察觉，在他们的铠甲之下有一种异乎寻常的对异乡人的警惕。

鬼头千万太去世的消息如电流一般迅速传播开来，整座狱门岛立即陷入恐慌。每个人脸上都带有莫名的不安和焦躁，仿佛经验丰富的渔夫从飘在水平线上的黑云中嗅到了暴风雨的气息。不可抗拒的命运的阴影令他们战栗不已。

为什么会出现这样的局面？鬼头千万太的死怎么会带来如此大的震撼？还有，大家那些不安的眼神到底在关注什么？耕助试着把这些疑问与鬼头千万太临终前说的话联系起来思考。“代替我去狱门岛吧……去救我的妹妹们……三个妹妹会被杀掉的……堂弟……我堂弟他……”

理完发，老板又开始刮脸。他往耕助脸上涂抹着肥皂沫。

“鬼头家还真是有钱啊。”耕助忍着脸上不舒服的触感，皱了皱眉头，但仍然用轻快的语调说道。

“那是当然的了。谁让他们家是岛上最大的船东呢。啊，不对，不仅是这座岛，据说附近的岛上，也根本找不出第二家这么大的船东。”

“做船东真的那么赚钱吗？”

“那可是赚大了。”

有关船东，根据理发店清公的介绍大致可以这样理解：

渔民分为三个等级。最下等的既没有渔船也没有渔网，一无所有，相当于农村里的佃农。不用说，这个等级的渔民最多。再好点儿的有渔船也有渔网，只是规模都很小。渔网至多是两三个人拖拽的拽网，渔船也比拖网渔船小很多。这些人基本上相当于农村里的自耕农。在这两者之上的，当然就是权势最大的船东了。他们相当于农村里的大地主，而影响力又远在地主之上。

“我以前也在农村住过，地主做的买卖简直是一本万利啊。对于当年的收成，各地有各地的分法，但通常情况下都是地主和佃农四六分。也就是说，地主一天到晚只管揣着手叼着烟斗，就会有十分之四的收成进自己的腰包。但佃农要是种第二茬，收成全归自己，这样多少也可以补贴家用。然而，船东和渔民的关系就不是这样了。”

船东拥有渔船、渔网，也拥有渔业权。与此相对应，他们什么都不做，就能将所有捕获物归为己有。而渔夫只能靠领日薪维持生计。

“原来如此。这样就跟城市里资本家和劳工的关系一样了。”

“是啊，就是这么回事。大丰收的时候船东家也会请客、发红包什么的。即便捕获量没那么大，船东当天也得发放已经说好的薪水。反正不管怎么说，捕获的鱼虾全部归船东。渔夫们就算去工作，要是没有船东的渔船和渔网，根本什么都干不了，所以他们理所当然在船东面前抬不起头来了。您问渔网吗？有很多种啊。像捕鲷用的围网、壶网、沙丁鱼网……说起沙丁鱼网，这一带捕的不是关东那种沙丁鱼，而是小沙丁鱼。总而言之，那些大规模的渔网，只有船东才有，用的话还必须配上两三艘八支橹的渔船。所以，没有大本钱可是不行啊。”

渔民们依然留存着“船板底下是地狱”的观念，信奉及时行乐主义。他们非常热衷于喝酒、赌博和购物，经常为此预支工钱。所以，相比农村里地主与佃农的关系，一般来说渔村里船东与渔夫之间的封建纽带更为强大。

“当然，作为船东，没点能耐可不行。毕竟他们面对的不是老实巴交的佃农，而是性格粗暴的渔民。虽然平日里得照应他们，但绝对不能纵容。一句话，船东必须要做到威慑四方。说到这一点，去年去世的鬼头家前任船东嘉右卫门老爷，那真是位了不起的人物！”

听到话题终于扯到了鬼头家，金田一耕助多少有些紧张，但仍然保持着轻松的口气问：“这位嘉右卫门老爷，就是千万太的父亲吧？”

“哪里，是祖父。去年去世的时候已经七十八岁，但活着那会儿可精神了。他个头很小，胆子却很大，是位很好的老爷。岛上的人都称他为太阁大人[①]。去世前明明没有什么预兆的，大概是受不了战败的打击，冷不丁地就去了。”

“这么说来，嘉右卫门老爷是在战争结束后才去世的喽？那千万

①曾统一日本的著名武将丰臣秀吉（1536－1598）的别称。岛上的人以此称呼嘉右卫门，表示对其非常敬重。

太的父母呢？”

耕助最好奇的是这个问题。上次去通知千万太的死讯时，出现在客厅里的只有月代、雪枝、花子三姐妹和那个叫早苗的姑娘。吃饭的时候，一个五十岁上下的丑陋老太婆也露了面。在那所偌大的宅子里竟然没看见半个男人，实在太不可思议了。

况且，千光寺的了然也曾对金田一耕助说过：“你要住在这里倒也无妨，只是这里全是女眷……”听了这番话，耕助才跟着了然到寺里去住的。

“据说，千万太的母亲生下他之后不久就去世了。他父亲后来又娶了一位太太，很早以前也去世了。”

“啊，看来那三位小姐跟千万太是同父异母的兄妹啦？”

“嗯，是啊。”

“那千万太的父亲……”

“是与三松老爷。他还活着，只是现在病了，从不到人前来。”

“病了？哪里不舒服？”

“哪里……这话可不能在外面声张，告诉您吧……他疯了。”

金田一耕助禁不住目瞪口呆。

“疯了……那他现在在哪里住院吗？”

“没有住院，他还住在那所宅子里呢。听说家里专门建了个禁闭室，把他关在里面。唉，都是很久的事了，差不多有十多年了吧。我都已经不记得他长什么样了。”

听清公说到这儿，耕助忽然想起一件事来。上次坐在鬼头家客厅里的时候，他曾经听到过一声异乎寻常的大吼，简直跟野兽咆哮似的，粗野又疯狂，吓了他一大跳。

“哦？那他会胡闹吗？”

“那倒不会。平时老实得很呢，但听说发起疯来也不好对付。不过还真是怪，您知道他们家有个叫早苗的姑娘吧，是那个疯子的侄女。只要早苗对他说上个一句两句，他就能立刻平静下来。与此相反，他那三个女儿一去，他却疯得更厉害，真是让人头疼。”

“这……还真奇怪。”

“也没什么奇怪的。倒是那三个姑娘挺怪的。她们简直是把自己的父亲当成动物园里的老虎、狮子，没事的时候老逗他玩，经常趁他睡觉的时候从格子门外面用尺子戳他、朝他扔纸团什么的，嘻嘻哈哈地看热闹。唉，这种事光是听了就不舒服。总感觉那三个姑娘不大正常。”

其实，金田一耕助也已经注意到那三个姑娘有些奇怪。听到兄长过世的消息，她们竟然还有心情在意自己的发型和腰带之类的琐事。而且，了然在谈正经事的时候，她们也低着头窃笑，互相拉扯袖子，用胳膊肘顶来顶去。正因为三个人都貌美如花，看起来更加不健康，给人一种病态的感觉，旁人看了也很不畅快。

这三个姑娘还真是奇怪，耕助暗自感叹道，同时禁不住联想起蛇发女妖戈耳工三姐妹。她们是出现在希腊神话里的妖怪，原本都是美丽的处女，但因和雅典娜比美，被变成了长着老鹰翅膀和黄铜利爪的妖怪，头发则成了一条条毒蛇。鬼头家的三姐妹身上，就能让人感觉到这种恐怖的妖气。

“对了，那位早苗姑娘是千万太的堂妹吗？”

“嗯，是的。她还有个哥哥叫阿一，因为战争被派到缅甸去了。不过听说平安无事，近期就能回来。”

“啊，这事我也听说了。据说是阿一的战友来通知的。说起来，他们兄妹俩没有父母吗？”

“早苗的父母啊……”听清公的口吻，他似乎对说这样的闲话感到难为情，“听说她的父母很早就不在了。早在十二三年前我来这里的时候，阿一和早苗就已经被本家收养了。有传言说他们的父亲死在海上。”

“哦，所以现在那个家里才会剩下发疯的老爷、三个女儿和早苗……还有，那位看起来五十几岁的婆婆是谁啊？”

“啊，您说的是阿胜吧。她是去年去世的前任船东的茶友，说得明白点就是小妾。虽然现在看上去不像样子，我刚来的时候她也就三十五六岁，那会儿可是个优雅脱俗的大美人哪。”

“原来如此。这么说现在住在那所宅子里的就是发疯的老爷、三个女儿、早苗，还有阿胜……那个阿胜负责照料大家的饮食起居吗？”

“阿胜哪里干得了照顾人的活儿啊。她除了脾气好之外，没别的本事，前任船东准是看中了这一点才讨她做妾的。要是太能干了，后面肯定会麻烦不断。嘉右卫门老爷精明着呢，不至于在这种事上犯糊涂。”

“哦。那他们家那么大一所宅子，到底谁来料理大小事务呢？”

“早苗啊。”

“早苗？可是，她不是才……”

“所以大家才很佩服她啊。真是了不起。别看她才二十二三岁，能干着呢！那些胡作非为的男人根本不是她的对手。更何况，船务上的事还有看潮人竹藏帮扶着呢。”

“来岛上的时候，竹藏跟我坐的同一趟船。对了，看潮人是做什么的？”

清公解释道，看潮人负责查看潮水的涨落，相当于军队里的联队长。“渔船是否出海全凭看潮人一面红旗的指挥。要是这家伙旗挥不好，网根本撒不了。这是个难差事，本领都是秘密传授的。所以人们都说，船东收成的好坏完全取决于有没有一个得力的看潮人。因此，即便是船东，也要对看潮人另眼相待。竹藏可是附近一带首屈一指的看潮人，他父母那一代起就在本鬼头家任职了。光是因为这一项，不管分鬼头家多么不甘心，都无法与本鬼头家抗衡。”

“还有分鬼头家吗？”

“嗯，目前岛上有本鬼头家和分鬼头家两家船东。从前还有一家叫巴屋的，不过四五年前倒闭了。说起来，这本鬼头家和分鬼头家原本还是亲戚呢，但两家世代交恶。听说就是因为这个缘故，嘉右卫门老爷才没能安心地瞑目。”

“还有这回事啊。”

“毕竟他最亲的儿子发了疯，两个宝贝孙子又都进了部队，生死未卜。因此大家都说太阁大人临终之时，心中的怨恨未了。”

“哈哈，您知道的事情还真不少呀。那么眼下分鬼头家的主人就是‘家康公’吧？”

“正是正是。而且这‘家康公’身边还有个‘淀君’呢。[1]真是了

---

①家康公，指德川家康（1542－1616），曾受丰臣秀吉之命辅佐其子。淀君，指秀吉的侧室淀殿（1569－1615），以生母身份辅政，权倾一时。秀吉死后，家康权势益盛并最终确立霸权，淀殿则自杀身亡。

不得。分鬼头家的老爷仪兵卫没什么大能耐，老婆志保却是个厉害角色。”

“啊，是那个志保啊。”

“您见过她？”

“嗯。我来岛上的第二天早上，她就去千光寺拜佛了。”

“那女人会来这一手。她怎么可能是真心去拜佛，肯定是从哪儿听说了千万太去世的消息，专门到您那里一探虚实的。”

“没错，她确实寻根究底地追问了千万太去世之前的情形。可他们毕竟是亲戚啊……而且，她长得还真漂亮。”

“所以说她是‘淀君’嘛。那个女人，就是我刚才提到的另外一家船东——巴屋家的女儿。传说她原本看中了千万太，一心要嫁给他为妻；还有说法是那女人看上的不是千万太，而是阿一。反正不管看中的是哪个，嘉右卫门老爷怎么可能允许孙子娶一个倒闭船东家的女儿进门呢？这女人一看没指望，立马就嫁到和本鬼头家对着干的分鬼头家去了。分鬼头家的老爷仪兵卫都已经六十多了，志保也就二十七八吧，总之不超过三十。当然是给人家做填房的。原先仪兵卫没有孩子，收了前妻的外甥当养子。然而，去年志保一生了孩子就把那个养子从家里赶了出去。唉，‘外表如菩萨，内心似夜叉’，说的就是这种女人哪。先生，您可别被这种蛇蝎女人的外表给迷惑了。”

“是，是，我一定会多加小心。请您动作再稍微轻一点儿好吗？您刮得这么用力，我疼得受不了……”

“哎？这样还很疼吗？”

“不疼了。麻烦您再给我涂点肥皂沫吧。对了，老板，鹅饲是谁啊？”

“鹈饲？”老板忽然停下手里的剃刀，俯视金田一耕助的脸，“先生，您还真是知道不少东西呢。”

“哪有啊。”

听他这么说，金田一耕助感到有些狼狈，但老板似乎并没有往深处想。

“那个姓鹈饲的男人啊，也是个浑蛋……啊，欢迎光临。”

听到老板的声调忽然一变，金田一耕助半睁开眼望去，格子门旁边似乎站着一个人。

“啊，这位马上就好了，也没有其他客人预约，您先进来抽根烟吧。”说完，老板又做作地说，“好久没见到您了呀，鹈饲先生。是不是哪里不舒服？我看您脸色不大好。莫非是分鬼头家的老板娘太宠您了？哈哈，开开玩笑而已，您别当真……”

得知来人是鹈饲，金田一耕助惊得立刻坐起身，在镜中与那年轻男子对视了一眼。

简直是在泉镜花小说中才会出现的绝世美少年！耕助后来知道了他的名字——鹈饲章三。

渐行渐近的足音

沿着缓坡一步步向上走，呈现在眼前的海面也随之越来越宽广。进入十月以后，连金田一耕助都察觉出海水的颜色完全变了。今年没有来台风，降雨又少，海水因此显得分外澄澈。整个濑户内海仿佛融入了广重蓝[①]一般，起起伏伏的波浪在一望无垠的海面上织出蛇纹似的线条。盐饱诸岛等岛屿散落其间，宛如颗颗棋子。

念书的时候，金田一耕助曾拜读森鸥外所译的《即兴诗人》，并为意大利美丽的海景深深陶醉。而如今他却忍不住感慨，纵然鸥外的文章字字珠玑，也难胜清晨日暮时分的濑户内海之美。只是，这里既没有安依齐雅达那样的女子，也没有玛丽亚那样惹人怜爱的女乞丐，更没有安东尼奥那样的美少年……

这时，耕助忽然想起刚才见到的那个姓鹈饲的少年。在那斑斑驳驳的镜子里，映出的是一张近乎鬼魅般妖冶美丽的面庞。

那个少年头发理得短短的，白净的额头如施了香粉一般，将他泛青朦胧的发际线衬托得益发动人。他那白皙的肌肤也宛如上等丝绢，散发着柔亮的光泽。漆黑的眸子幽邃清澈，深处似乎隐藏着无依无靠的哀怨。一看到镜中的金田一耕助，他立即转移了视线，眼睛里刹那间闪过一丝不安。那样的眼神，绝对能激起女人强烈的保护欲。

耕助不由得叹了口气，他一边在平缓的长坡上慢慢地走着，一边反复思考回味刚才见到的少年。

少年身穿条纹花样的外褂与夹衣和服，腰上系着紫色扎染的宽幅腰带。那装扮俨如歌舞伎一般，却又少了他们身上的轻佻。或许是因为对自己的容貌感到害羞吧，被金田一耕助既无恶意也非轻蔑地久久注视，少年的脸顿时涨得通红，露出难堪之色。耕助想，既然那时他会产生那样的反应，可能长成演员的姿容也非他所愿吧。

①一种以淡墨晕化纯蓝而调制出的特别的蓝色，因由江户时代画家歌川广重（1797－1858）开创而得名。

若果真如此……耕助回忆起刚才理发店老板最后说的话，再次放心地叹了口气。

来到岛上后，金田一耕助发现这里令人惊讶不已的事比比皆是。首先，是早苗。耕助开始掰着指头数起来。其次，是蛇发女妖戈耳工三姐妹。他弯下第二根指头。再次，是到寺里来拜访过他的成熟美人志保。他弯下第三根指头。还有，就是今天的那位美少年——弯下四根指头的耕助很好奇，不知道等待他的第五件奇事又是怎样一桩。想到这里，千万太的临终遗言再次断断续续地在他耳边响起，他霎时感到背上生出阵阵寒意。

“代替我去狱门岛吧……去救我的妹妹们……我的三个妹妹会被杀掉的……堂弟……我堂弟他……”

几乎令人窒息的复员船船舱内充斥着令人难以忍受的热气和臭味。骨瘦如柴的千万太脸上满是苦闷，在病中断断续续地道出那个惊人的临终遗愿……

金田一耕助仿佛要甩开噩梦般使劲抖了抖身体，才迷迷糊糊地睁开眼睛。嘭嘭嘭嘭，一艘巡航船正逐渐驶进海湾。定睛一看，是上次乘坐过的白龙号。海湾深处陆续划过三四艘小船，紧贴着白龙号停了下来。巡航船与小船上的人似乎在高声对话，但从耕助这里听不到。不一会儿，人们从巡航船里抬出一件东西。在看清楚的瞬间，耕助不由得瞪大了双眼——是吊钟。

“啊，是吊钟运回来了。”

金田一耕助看向驳船靠岸的地方，来回搜寻了一番，却始终不见了然的身影。于是，他又一步步继续朝坡顶走去。如果直接回寺里，并不是走这条路，只要出了理发店后往左走就行。这会儿他向右走，是因为分鬼头家在那边。

本鬼头家和分鬼头家隔着山谷相向而立。如果把千光寺看成将棋里的王将，那么两个鬼头家刚好分别处在飞车的位置。两家前面各有一条路蜿蜒向下，最终在山谷最深处合二为一。从那里再走过一段弯弯曲曲的小道，就能看见通往千光寺的又高又陡的台阶。

志保会不会在外面呢？快走到分鬼头家宅院前时，金田一耕助故意放慢了脚步。但他的期望落空了。不过这样一来，他倒是可以仔细地查看宅子的构造。

分鬼头家也坐落在花岗岩悬崖上，加了护板的白色围墙、长屋门等全部与本鬼头家毫无二致，只是在规模上逊色不少。从檐角的气势来看，围墙内耸立的建筑远远没有本鬼头家的宏伟，仓库的数量也无法与本鬼头家匹敌。

金田一耕助从分鬼头家前面走过。路忽然向右拐去，再往前走，路又折向了左边。就在这个转弯处，有一块小小的平台，站在那里可以将附近的海面尽收眼底。岛上的居民称其为天狗鼻。耕助发现一位巡警正站在那里用望远镜观察海面。

听到脚步声，巡警保持着拿望远镜的姿势，朝耕助转过头来。“嗨！”满脸胡子的巡警露出微笑，热情地打招呼。

狱门岛上只有一个驻在所[①]，巡警也只有一位。因为兼管陆上和水上两方面的治安工作，这位巡警还拥有一艘摩托艇。监视渔区、提醒鱼汛、审核渔民的捕鱼执照等等，岛上的巡警需要负责的水上工作比陆上的还多。巡警姓清水，四十五六岁，是个留着一脸邋遢

---

①日本警察基层机构，多设于山区、孤岛等偏远地区。

胡子的老好人。他已经和金田一耕助处得很熟了。

“海上出什么事了吗？”

“啊，听说最近又出现海盗了，上面打电话来要我加强警戒呢。”清水笑起来，白牙在胡子里若隐若现。

“海盗？”金田一耕助难以置信地睁圆了眼，但随即也笑了。关于近期濑户内海有海盗出没的消息，他在久保银造那里逗留的时候也曾在报纸上读到过。“怎么感觉时代越来越倒退呢。”

“大概历史会循环吧，哈哈哈。据说这批海盗的规模还不小，一伙至少有十几个人，全都带着手枪，好像都是些复员军人……”

“啊……这话听起来可真刺耳，您面前就站着个复员军人呢。”

“哎呀，您这话说的……怎么样，来一根？”清水一副不把海盗的事放在心上的样子，就地坐了下来，然后从口袋里掏出手卷烟，递给金田一耕助一根。

“不用，我也带了……啊，那就恭敬不如从命了。”

金田一耕助也挨着清水坐下，两人在天狗鼻上闲聊起来。

“您来散步吗？哦，对了，是刚理发回来吧？人多不多？不多的话待会儿我也去一趟……”

“您去吧。老板现在正给鹈饲理着呢。应该快好了。”

“鹈饲？”清水一脸惊讶地盯着金田一耕助，“您认识他？”

“不认识，刚刚头一回见。理发店的老板喊他鹈饲先生，我才知道了他的姓氏。”

清水一声不吭地吸着烟。他忽然间变得愁眉苦脸，应该不是烟熏到了眼睛的缘故。

“哎，那个人长得真是美呀，世间少有……”

听金田一耕助这么说，清水的脸色更加难看了。

“他真是这个岛上土生土长的吗？”

清水默默地吸完一根烟，用鞋尖小心翼翼地将烟头踩灭，然后才朝耕助转过脸来。

“金田一先生，我啊，现在有种奇妙的预感。说出来不怕您笑话，我总觉得要有大事降临了。马上会发生点儿什么，这座狱门岛上会发生非常可怕的事情——这种念头不由自主地就从我脑子里冒出来。就比如那个鹈饲吧，您刚才称他是个美少年，美倒是有目共睹，可叫少年就有些不合适了。按说他应该有二十三四了。另外，他也的确不是这个岛上土生土长的，听说老家在但马，父亲是位小学校长。不过这话是真是假就不得而知了。要说他一个但马人怎么跑到这么偏僻的岛上来，还不是因为战争嘛。战争把那家伙弄到这里来了。”

清水转头朝后，指着千光寺背后耸立的山说：“您爬过那座山吗？如果没有，不妨找时间爬上去瞧瞧。据说山顶上曾经建有海盗的城寨和瞭望台，到现在很多地方还残存着遗迹呢。历史还真是会循环，打仗的时候那儿又建起了瞭望台和碉堡——就是那些防空监视所和高射炮阵地。整座山给挖得到处是洞，还派来了很多士兵，鹈饲章三就是其中之一。”

听到这里，金田一耕助一下子提起了精神，一言不发地注视着清水，显然是催他快点往下说。

清水见他这模样，清了清嗓子继续说道：“是的。别看他长成那样，也曾经当过兵呢。不光年纪小，还细胳膊细腿的，那副弱不禁风的样子哪儿上得了前线哪。即便穿上卡其色军装，看着还是挺可怜的……说起来，驻扎在监视所和高射炮阵地里的士兵经常下山到村子里征收各种东西。村里人觉得对方是当兵的，就尽量行方便。但他们有时也提些无理的要求——起初的要求还算合理，可到了战争末期就越来越不像话，哪里是征收，简直是下山来半抢半夺。我猜战局不利多少也助长了他们这种破罐子破摔的心理。村里人当然也不会给他们好脸色。毕竟是性格粗暴的渔民，免不了有人会动手跟他们真干。山上或许也听到了风声，后来就改变了策略。每次征收物资，必定派那个鹈饲章三前来。”

“这样啊。”金田一耕助听得很兴奋，忍不住咯吱咯吱地挠起头来。理发店老板好不容易才帮他打理得齐齐整整的头发，一眨眼工夫又变回了乱蓬蓬的麻雀窝。“说得直接点，就是他们施了美男计，来讨妇人们的欢心嘛。”

“对，对。士兵们征收物资的对象当然主要是本鬼头家和分鬼头家，所以鹈饲章三出入最频繁的也就是这两家了。那时本鬼头家的嘉右卫门老爷还活着，他何等精明，哪怕对方是当兵的，他也不可能答应那种无理的要求。被冷冰冰地拒绝过多次后，他们开始采取迂回战术，从背后下手——就是让鹈饲跟那姐妹仨套近乎。”

“看来，队长这一步棋算是下对了。”

“那是，这一招管用得很。到后来，那姐妹仨甚至等不及鹈饲来，自己直接到山上找他。因为这点，村里人没少说闲话。很多人说她们肯定全都让鹈饲给骗了。也有人说假如山上的部队军法严明，也不至于发生这么混账的事。可后来又听说，鹈饲这么做居然都是队长的意思，他受了队长之命，才对那三个女孩做了见不得人的事。这些话到底几分真几分假，咱也辨不出，不过，战争结束前后，那姐妹仨千真万确运了不少物资和钱财到山上去。而且，说队长得了这些东西后干脆利索地复员返乡，怎么听也不像是随便瞎掰出来的。”

“换句话说，鹈饲是被利用了。那他后来没有复员吗？”

“当然复员了，回了老家但马。这下嘉右卫门老爷心里的一块石头总算落了地。可没过一个月，这个鹈饲又回来了。他说老家有个继母，自己无论如何都待不下去，所以才来投靠分鬼头家。本鬼头家的嘉右卫门老爷中风倒下，就是他回来后没过多久的事。”

说到这儿，清水停了下来。金田一耕助一言不发，默默地俯视着眼前的海面。不知为何，他只感觉一股无法救赎的沉重感压到了胸口上，闷得他说不出话来。

过了片刻，清水继续说道：“去世的嘉右卫门老爷就像太阁大人一样。全岛上上下下，除了分鬼头家的志保，没人敢顶撞他。鹈饲或许当真有个继母，容不下他可能也是实情，但即便这样，他也没道理跑来投靠分鬼头家。他应该不至于厚颜无耻到这种地步，所以要么是他在复员前就和志保达成过什么约定，要么是后来志保又写信把他叫回来。反正不管是哪种情况，这一切准是志保在幕后一手操纵的。她让那鹈饲整天穿得跟个戏子似的，游手好闲无所事事，目的显而易见。她想模仿队长那一套，故技重演，利用鹈饲去勾引月、雪、花那姐妹仨，把本鬼头家整垮。嘉右卫门老爷对志保的诡计心知肚明，却没理由干涉。毕竟，就算是太阁大人，也不能阻止别人收留外人。但嘉右卫门老爷可能万万没想到，跟自己作对的竟然是区区一个志保。太阁大人征战朝鲜之后才知道世间有不可为之事，而嘉右卫门老爷却是因为志保，才知道除了加茂川的流水、延历寺的僧人和色子的点数之外，还有他无法左右的东西。这就是他中风的原因啊，可想而知当时他心里有多痛苦。”

海面苍茫，渐入黄昏，吹来的风也骤然变冷。清水和金田一耕助彼此感染一般瑟瑟发抖，却似乎不是因为夜晚风寒。

耕助终于渐渐看清了那覆盖在狱门岛上空、暗藏着一股妖气的乌云的真面目。就在这时，像神经衰弱患者耳鸣似的，他的耳畔响起一连串越来越近的脚步声。这可怕的声音如拍打礁石的惊涛骇浪，如轰隆而至的滚滚远雷……

耕助很快便告别清水，返回寺里。只见了然在方丈内居中而坐，两边分别是村长荒木真喜平和医生村濑幸庵。房间内的气氛压抑沉闷，三个重要人物就这么坐成一排，一语不发。

听到耕助的脚步声，了然马上喊了声“啊，金田一先生”，声音里毫无生气。“今天，政府下达的通知书来了。”说着，他用下巴指了指村长。

村长荒木接道：“我们并不是怀疑你说的话。只是在政府的正式通知下达之前，我们总还留着一线希望……”

“这下，一切都确定了。既然不给举行公葬，我看咱们还是早日操办丧礼的好。”说话的幸庵脸色阴沉，山羊胡子不停地颤抖。

耕助似乎再次听到了那可怕而不祥的脚步声，渐行渐近，如同耳鸣一般……

出家人

千光寺位于狱门岛西侧的半山腰上。说得更准确些，是在约八合目[①]处。寺后的山势猛然变陡，自那里绵延向东的折钵山是岛上的最高峰。站在千光寺院内，狱门岛上的村落几乎一览无余。换言之，所有村落全聚集在狱门岛西侧。

像狱门岛这类孤岛，自古以来就有提防海盗来袭的传统。所以，不管哪座岛上，村子都建得非常小巧，家家户户甚至背靠背连在一起，以便大家在危急时刻迅速集合。狱门岛也不例外。

站在千光寺的石阶上，首先映入眼帘的就是右侧本鬼头家的宅院。从上往下看，鳞次栉比的房屋仿佛迷宫一般，自然流露出一股威严厚重感。绵延不绝的重檐飞瓦宛如此起彼伏的波浪，可想而知，房屋的内部构造有多复杂，而且建成这样应该也并非单纯出于实用性的考虑。

“都是因为死去的嘉右卫门老爷喜欢盖房子。一栋接一栋地盖，最终才成了这么复杂的大宅子。”某天，了然指着本鬼头家的房子，一一给金田一耕助介绍，“那是上房，那是厢房，那是分家的房间，那是土仓，那是鱼仓，那是放渔网的仓库，那是……”

这些屋宇依背后山谷的坡度而建，层层叠叠。

“师父，左手边靠里那栋略高一点儿、木瓦板屋顶的房子是做什么用的？”

“哦，那个啊，那是祈祷所。”

“祈祷所？那是什么？”耕助追问道。

“祈祷所就是祈祷所呀。这事，以后再跟你说吧。”

耕助闻言不由得扭头看了看站在身旁的了然。了然明显带有不

---

①将从山脚到山顶的路程分为十个阶段，山脚为一合目，山顶为十合目。

快的语气，令耕助多少吃了一惊。

这个祈祷所和其他建筑隔得很远，位于院落一角稍高些的位置，隐蔽在高大挺拔的巨松下。从屋顶上发黑的苔藓来看，房子应该历经风雨，年头不短了。耕助心想，那一定是供奉稻荷神[①]的地方。

分鬼头家与本鬼头家隔着一座山谷，位于左侧，同样是临谷而建。从千光寺俯瞰，这座宅院远不及本鬼头家壮观，在分量感上也逊色不少，完全看不到本鬼头家那种重重叠叠的层次。两座宅院隔着山谷背靠背而立，从上面望下去，感觉有种暗示的意味。

“俨然与木曾殿下背靠背，森森寒意心中生。”金田一耕助正浮想联翩，了然忽然指着眼前的两座宅子说。这和尚有个习惯，老喜欢忽然吟诵让人意外的俳句。

前文已述，本鬼头家和分鬼头家前面各有一条路，两条路蜿蜒向下，在山谷最深处合二为一，随后再渐渐变成羊肠小道，曲曲折折通往山顶。从谷底向上转过几个弯，有一座小小的佛堂。透过格子门可以看见里面铺了木地板，约莫两叠大，靠里的白木案桌上供着一尊来由不明的中国式佛像。格子门上方悬挂着一块匾额，写着“土地神”三个字。

狱门岛也有从事耕作的农民。他们不种稻米，只种些薯类和蔬菜。渔夫们绝不会拿锄头下田，地里的活儿全靠女人们操持。因此，岛上同样需要敬奉土地神。过了这座佛堂，再拐几个弯，路才终于变直，迎面可以看到医王山千光寺高耸的石阶。石阶下照例竖着一块写有“不许荤酒入山门”的石碑。石阶有五十几级，爬到尽头，

① 日本神话中掌管五谷的神灵，又称宇迦之御魂神。

便是劈山建起的千光寺。穿过挂着“医王山”匾额的山门，大得出人意料的寺院便呈现在眼前。山门右手边首先是厨房，厨房的门口吊着一块云板，到千光寺来的信徒都喜欢撞两下。厨房的左边即山门的正对面是正殿，再往左又是一排狭长的禅堂。千光寺信奉曹洞宗[①]，以前还不时来些道行颇深的行脚僧坐禅。最近也许受时世艰难的影响，行脚僧也不见了踪影，禅堂闲置下来。

从禅堂到正殿的回廊前，有棵别致的老梅树。这棵令千光寺十分自豪的梅树，树冠已逾回廊的廊顶，向南伸展的树枝也长达九米多，树干足足有一抱粗。为保护这棵树，寺院专门在它周围装上了栅栏。树干旁边立着块牌子，估计先前写了什么，但经过多年的风吹雨打，字迹早已模糊不清，金田一耕助一个也没辨认出来。

现在寺里一共住了三个人。一个自然是金田一耕助，另外两个是住持了然和典座了泽。所谓典座，即负责厨房事务的僧侣。据说大一些的寺院里，除了这两个职位以外，还有知客、知浴等各种名目复杂的差使。在千光寺这种小寺院，典座除负责膳食，也负责管理浴室和接待客人。由于岛上的人都称了泽为典座，耕助起初还以为这是他的名字。

了泽是名二十四五岁的青年，脸色青黑，瘦骨嶙峋，沉默寡言。因为他那青黑脸上的一双眼睛总是闪闪发亮，金田一耕助刚到寺里来住的时候很不自在，以为了泽对自己这个外人抱有敌意，后来才知道是误会了。随着相处日久，耕助发现这位年轻的和尚待人热情、考虑周到，无微不至地照顾着他。了泽之所以不爱说话、给人冷淡

---

①佛教禅宗五家之一，南宋时因日僧道元（1200－1253）来华习佛而传入日本。下文所说的总持寺即日本曹洞宗的两大中心寺院之一。

的印象，不是因为他对人不友好，而是生来内向的缘故。他照顾起了然，简直就像儿子照顾慈父一般体贴。

据说，了然打算让了泽继承千光寺，已经向位于鹤见的总持寺提交了认可申请。只要那边送来批准的文件，就可以举办传法仪式了。曹洞宗向来主张从温热之手将法统传给下一代，即在老住持在世期间，就让弟子继承法统。顺带一提，了然乃释迦牟尼第八十一代弟子，因此了泽将成为受释迦牟尼直接教诲的第八十二代佛弟子。

“我修行尚浅，根本没有能力继承一座寺院。再说，师父身体还那么硬朗，怎么会想到这种事呢？”最近，典座了泽反而为此事对了然有些不满起来。

“金田一先生！金田一先生！”了泽在方丈里喊道。

“啊，来了。已经准备好了吗？”

金田一耕助慢吞吞地起身，走出书斋。来到方丈一看，了泽已穿戴妥当，一身红法衣，外披黄面黑里袈裟。了然却还穿着白色行衣，正在扣布袜的搭扣。

“金田一先生，能麻烦你跑一趟吗？”

“好啊，您别客气。去哪儿？”

“麻烦你去通知分鬼头家，省得以后出麻烦……听说仪兵卫老爷痛风躺在床上起不来，所以你跟志保说一声就行。请他们来参加今晚的守灵。”

“好的，没问题。”

“通知完你就直接到本鬼头家去吧。我和了泽也马上一起过去。了泽，给金田一先生拿盏灯笼过来。”

“师父，哪需要灯笼啊。现在还不到六点半，外面亮着呢。”

“不行。你从分鬼头家回来的时候，天色就暗了。夜里走山路很危险的。”

“是吗，那我就恭敬不如从命了。”

耕助已多年没提灯笼走路了，虽然感觉有点儿滑稽，但拂了人家的好意也不太合适，便没拒绝。他提着了泽给的灯笼出了寺门。渐渐地，天色果真暗了下来。

今天是十月五日，即本鬼头家收到千万太正式死亡通知的第三天。

接到通知后，千光寺的了然和尚、村长荒木真喜平和医生村濑幸庵三人经商量，决定给千万太举行正式的葬礼，今晚守灵。金田一耕助到现在终于明白，他带来的千万太的介绍信上为什么会写他们三个人的名字。这三个人可谓狱门岛上的三大长老。对本鬼头家来说，他们更相当于三奉行。嘉右卫门退隐去世后，本鬼头家的大事一律由这三人共同协商裁决。

下了千光寺的石阶，又走了半段羊肠小道，金田一耕助忽然遇到一个从山下走上来的男人。

“哎呀，是寺里的客人啊。师父呢？”

此人四十五六岁的样子，身材瘦小，但体格似乎挺健壮。他上身穿着带家徽的棉布和服，下身却没穿裤裙。耕助感觉好像在哪里见过他，只是一时想不起来。从穿着打扮来看，他应该是鬼头家派来迎接了然的。

“您是来接了然师父的吗？辛苦了。师父正在准备，应该马上就过来了。”

“那您呢？”

“我去那边的鬼头家。”

“去分鬼头家？”男人有些吃惊地皱了皱眉头，“有什么事吗？”

“师父让我过去通知今晚守灵的事。”

“师父让您去的？”男人似乎难以置信，眉头皱得更厉害了，片刻又恍然大悟般说道，“辛苦您了。那一会儿见。”

男人迅速转过身，匆匆忙忙地上了坡道。目送着他的背影，金田一耕助才想起来他是谁。他就是耕助来狱门岛途中在巡航船上见过的竹藏，理发店老板口中这一带首屈一指的看潮人。这么想着，耕助禁不住在心里嘀咕起来。

哎呀，是他啊。早知道是他，就该多跟他聊会儿。他变化太大，简直完全认不出来了。

走到羊肠小道的尽头，耕助拐向了左边。他心里有些不安。来岛上已经两周了，经常出入本鬼头家，但进分鬼头家的门今天还是头一回。

他想起昨天驻在所的清水的提醒：“到了这种岛上，跟渔夫说话务必要特别小心。不管什么地方的渔村都一样，如果有两家船东，渔夫就分两派，有三家就分三派，彼此之间互不相让。在这座岛上，因为两家船东势不两立，两派的渔夫也格外敌对。不管站在哪一边，肯定都没好果子吃。所以我啊，谁也不敢惹，保持中立。”

清水还说：“因为本鬼头家的千万太死了，村长和幸庵一筹莫展，整天唉声叹气的。瞧着吧，要是阿一再出点什么事，这儿就成分鬼头家的天下了。那两个人肯定不会就这么坐以待毙，毕竟他们没少受嘉右卫门老爷庇护。现在仪兵卫老爷似乎正暗地里谋划把村长赶走，还专门找了个帮手来，听说是个县级学校毕业的医生。反正大城市都成那样了，海外归来的、复员的到处都是，找个好医生还不是小菜一碟。”

金田一耕助问：“那了然师父的态度呢？”

清水加重了语气说：“师父不要紧。”

他说，了然的地位高于船东。不管船东有几家，也不管他们如何互相仇视，控制岛上信仰的了然的影响力绝对在船东之上，整座岛无人能敌。村长和幸庵能依旧待在现在的位子上，也是因为他们博得了了然的信任。可以说，了然就是这座岛上的王。但其他人今后恐怕必须看仪兵卫老爷和志保两口子的脸色行事了，如若不然，可有的罪受。

此刻前往分鬼头家的金田一耕助觉得自己仿佛要闯入敌营一般。敌营？想到这里，他忍不住摇摇头。毕竟，无论与本鬼头家还是分鬼头家，他都没有什么特殊关系。只是这时，他又记起千万太临终时的话来。忽然之间，他的耳畔再次回荡起如海浪、如远雷、如松涛般令人毛骨悚然的声响。

“我家老爷已经歇息了，请问您是哪位？”

“我是借住在千光寺的金田一。师父让我过来传个话。”

“呀，这样啊，请您稍等。我去禀报夫人。”

金田一耕助听着这话总觉得别扭，他回忆起刚到狱门岛那天的事来。在本鬼头家的玄关前见早苗伏地迎接的时候，他虽吃惊不小，但早苗的姿态中没有丝毫不自然的感觉。而眼前这名少女就不然了。不仅口齿不清，笨嘴拙舌，称呼志保为夫人也十分可笑。叫老板娘不就行了吗？

“哎呀，欢迎光临。”

冷不丁的一声招呼让陷入沉思的金田一耕助吓了一跳。来人一定掌握了像猫一样走路无声的技巧。耕助回过头来，只见一个风姿绰约的女人站在对面的屏风前。

志保太美了，浑身上下都散发着成熟女人才有的韵味。她不仅脸蛋长得漂亮，身材也无与伦比。那玲珑曲线彰显了她妙不可言的婀娜身姿，以及柔软丰盈的隆起部位。在耕助看来，这女人根本不像南方人，倒更像京都流水精雕细琢过的秋田、越后那边的北国式美人。其实，两人在千光寺初次见面时，耕助就被她的美貌震慑住了。此刻她仪态优美地站在昏暗的古典屏风前，更添几分娇媚，耕助看得心扑通扑通直跳。

志保梳的既非银杏叶发髻，也非歌舞伎旦角梳的那种发髻，是金田一耕助这号人从没见过的发型。而且她身上的和服和腰间系的带子，耕助同样没见过，但显然样样都很讲究。她那身打扮站在屏风前，简直就跟介绍战后流行和服的杂志封面照似的。

志保又说了一遍“欢迎光临”，从屏风的阴影里轻盈地走了出来。她伸手稍微按了按头，似乎担心头发凌乱，随后才端正身姿，轻轻入座。“欢迎光临。”她说着，眼中流露出一丝笑意，“听说师父派您来传话？”她娇媚地略偏着头，似乎有点儿醉了。

耕助紧张兮兮地咽了下口水，然后如往常一样，用很快的语速结结巴巴地转述了了然的话。但他越结巴就越紧张，最终忍不住咯吱咯吱地抓起乱蓬蓬的头发来。看来战争也没有帮他矫正这个坏毛病。

“哦。”志保睁着水灵灵的大眼睛，嫣然一笑，“这件事，昨天本鬼头家已经派人来通知过了。可惜我家老爷正卧病在床……实在走不开，真不好意思……”

这种状况下，志保竟已微醺。

“不过，我昨天就已经对本鬼头家的人说了，如果老爷下得了床，一定会过去的。难道他们没告诉师父吗？”

“啊，是、是吗？那恐怕是师父忘记了。失、失礼了。”

“哪里哪里。不过师父好过分哦。”

“啊？”

“他竟然让您来跑腿。”

“没、没有的事。反正、反正我也是闲着。”

“金田一先生。”

“嗯。”

“您待会儿要去本鬼头家吗？”

“是的，要去。您有什么事吗？”

“没事，那我就不留您了。改天再来玩吧。听说您常去本鬼头家？”

“嗯，我常去借千万太的书来看。”

“我们这里没有书，但其他的不输本鬼头家。有空的时候过来坐坐吧。分鬼头家又没住着鬼怪毒蛇。”

“啊，没有那个意思……那、那我先告辞了。”

“哎呀，您这就走啊。那请代我向了然师父问好。”

走出分鬼头家的长屋门，金田一耕助才发觉腋下汗湿了一大片。

快要走出玄关的时候，屋里面传出男人的笑声，这深深地伤害了耕助的自尊心。当然，这或许仅仅是巧合，可能并不是在嘲笑他，但耕助依旧忍不住往坏处想。从那笑声可明显听得出里面那伙人已喝得酩酊大醉。所以，无论仪兵卫的痛风是否真的发作，都可以确定他至少还上得了酒桌，说不定还喝得不亦乐乎呢。

往回走到通往千光寺的羊肠小道时，迎面过来了三个人。走在最前面的是提着灯笼的了泽。了然和竹藏则在后面，边走边聊。

“啊，金田一先生，抱歉抱歉！听说本鬼头家已经通知过分鬼头家了。”

“是啊。那边说因为老爷生病走不开，没办法过去。”

“哦，这样也好。算了。”

众人来到本鬼头家前，已故的嘉右卫门老爷的小妾阿胜站在长屋门前，心神不定地东张西望。

“阿胜，出什么事了？你在这里着什么急？”

“啊，竹藏。你见到阿花了吗？”

“阿花？她刚才不是还在那边转来转去吗？”

“可是一转眼就不见了……啊，师父，欢迎欢迎。快里边请。”

“阿胜，花子不见了？”

“是啊，刚才还在那边来着……请几位先到里边去吧。”

竹藏和阿胜留在门口，其他三人进了玄关。

只听屋里传来收音机的声音，那是早苗焦急地盼望哥哥归来，在收听复员的消息。

第二章　像锦蟒一样

近来，连乡下也很少通宵守灵了，一般九点或十点，最晚十一点左右就会结束。本鬼头家的守灵仪式也只持续到了十点多。但直至结束，花子也没有露面，大家越来越担心。

“阿胜，是你帮她们换的衣服吧？那时候阿花还在？”村长荒木脸上露出不安的神色。

“嗯，她在啊。我第一个帮阿花换的，接下来才给月代和雪枝换。是吧？”

月代和雪枝点点头表示同意。这两个女孩片刻也不安静，不是拽拽袖兜，就是摆弄摆弄领子，摸摸发簪，还不时互相碰碰胳膊肘，低着头哧哧地笑。

“月代、雪枝，你们知道那之后花子去哪儿了吗？”了然厌恶地紧锁眉头问道。

“我可不知道。她老是匆匆忙忙地东跑西跑，讨厌死了。”

“她的确很烦人。”

“阿胜，阿花不见的时候大概几点钟？”

“几点不太清楚，反正是傍晚的时候……”阿胜歪着头，怯怯地说，“想起来了，我帮她换衣服的时候，早苗在对面屋里打开了收音机，因为还在播新闻，她就马上关了。”

“那应该是六点十五分左右。”金田一耕助在一旁插嘴。

“那时候，阿花还跟你们在一起吧？”村长荒木变得更加不安。

“这个……到那会儿应该还在的……”

听阿胜的口气，她好像根本不记得了。

“早苗，你还记得吗？”

“我？”

早苗身着一套清清爽爽的黑色套装，跟月代和雪枝的打扮形成了鲜明的对比。她忽闪忽闪地眨着一双圆圆的大眼睛，稍稍倾斜着下巴略宽的脸——这样抬起眼睛向上望时，睫毛看起来尤其长。蓬松地打着卷的及肩长发也非常可爱。

“我不太记得了……不过，当时阿姨是在对面的房间里帮她们换衣服。那个时候阿花的确跟大家在一起。之后我挂念着收音机播的消息，就去起居室按下了开关。听到刚开始播劳动新闻，我便把收音机关掉又回来了——对，从那时候起，我就没有看到阿花了。”

照此说法，花子是在六点十五分前后不见的。现在已经十点半了，大家当然担心不已。

“总之，在这里多谈也没什么意义。我们还是先到她可能去的地方找找吧。”无奈之下，坐在末席的看潮人竹藏提出建议。

金田一耕助刚才就察觉到了，从评议开始的时候，竹藏便已经魂不守舍。

“竹藏，你说她会到哪儿去？”

“我也不是很清楚……不过，她会不会到分鬼头家那边去？”

在场的人闻言都大吃一惊，不禁面面相觑。就在这时，一直打着盹儿的幸庵忽然用他那粗哑的嗓音大叫一声：“分鬼头家的那个小白脸，傍晚的时候还去过寺里呢。”

“哎？喂，幸庵，你说的可当真？幸庵、幸庵，别睡啦！那个小白脸真的去过寺里吗？”

幸庵尽管已喝得酩酊大醉，却不失礼数。竹藏一摇他的膝盖，他立刻睁开眼睛。

“哦，当然是真的。我来这儿的时候，看见他正从那条羊肠小道往寺里去。但那时候天色已经有点儿暗了，我没能看得很清楚。”幸庵邋里邋遢地一边伸手擦着山羊胡子上的口水，一边摇晃着身体说出这番话。刚说完，他就像鲸鱼喷水一样，把一嘴的酒臭气喷了出来，随即咕咚一声躺倒在地，全然不顾把外褂和裤裙弄得皱皱巴巴。

“唉，早知道会醉成这样，就别喝那么多嘛。”

“算了算了。没办法，这是他的老毛病了。只是，村长，花子的事可不能不管。”

“阿胜，阿花今天有没有和鹈饲约好要见面？”村长厌恶地皱着眉头问。

“这我就不知道了……月代、雪枝，你们知道吗？”

“不知道呀。鹈饲先生跟阿花见面？怎么可能呢。对吧，雪枝？”月代露出一副“这个问题可笑至极”的表情，否定了这个可能。

“我们怎么会知道，阿花老是说谎。说不定在哪里睡着了呢。”雪枝气鼓鼓地噘着嘴。

“阿胜，你再去各个房间查看一下。”

“刚刚已经看过了……好吧，那我再去找一遍。”

阿胜——据说真正的名字叫胜野。但大家似乎觉得没必要叫全名，便都管她叫阿胜。仔细打量打量，还能看得出她以前绝对是个美人，只是如今一点儿气质都没有了。她那双眼睛不管什么时候总是眼泪汪汪、无精打采的，神色跟躲在臭水沟里的老鼠似的。可能在跟退隐后精力充沛的嘉右卫门同居的十多年中，无论生理还是心理上，所有活力都被榨了个精光。

阿胜刚起身，早苗也从座位上站了起来。“我也去找找看吧。”她跟在阿胜身后走了出去。

“如果她没在家里，我们就得分头去找了。竹藏，你能去分鬼头家看看吗？”

“我去倒是也可以，只是……”

“不方便？”

“我怕应付不了那边的老板娘。”

“了泽，那你一起去。竹藏，有了泽跟你一块儿应该没问题了吧？”

“嗯，那就没问题了。”

“我在村里各处找找。”村长说，“幸庵要是没喝醉该多好，现在这架势可是指望不上了。”

正说到这儿，里间忽然传来一声惨叫。应该是早苗的声音。紧接着，又听到有人重重地踩踏地板的响声和野兽般的咆哮。原本大家正要起身，被这动静一吓，全都老老实实地坐着不动了。

“今晚病人真能折腾啊。”了然小声嘟囔道。

“嗯，没错。从今天早上开始，那个疯子情绪就很不好。”

“我们一去，他还大发雷霆，像猴子似的露出牙来。真是太让人心烦了。”

金田一耕助第一次见这种场面。他曾听理发店老板说过，千万太的父亲与三松已经疯了很多年，一直被关在禁闭室里。现在应该是那疯子犯病了。听着狼嚎似的粗野咆哮，以及咔嗒咔嗒摇晃格子门的声音，耕助除了胆战心惊得浑身凉飕飕之外，禁不住更加鲜明地察觉到了这个家承受的暗无天日的重压。

不久，阿胜回来了。稍后早苗也走了进来，她脸上没有一丝血色，圆圆的眼睛大睁着，一脸惊恐的神情。

“早苗，病人的情况不好吗？”

“哎？啊，是的。最近不知道怎么回事，常发病。阿姨，阿花找到了吗？”

早苗的声音听起来有气无力。她苍白的脸色和异样惊恐的眼神里，似乎有种非同寻常的东西。而花子到底还是不知去向，大家的不安明显又增加了不少。

“这样，村长，你去村里找找。竹藏和了泽，你们去分鬼头家找鹈饲，问他有没有见过阿花。我回寺里看看。不过我想这会儿她应该不会在寺里。”

“师父，我能帮上什么忙吗？”耕助热心地问。

“金田一先生，你跟我一道吧——啊，不用了。”了然看了幸庵一眼，又改口道，“不好意思，能麻烦你把幸庵送回家吗？他这样一个人回去太危险。”

“好的。”

任务安排妥当，大家离席时已将近十一点。走出门来，才发现风势正猛。天空漆黑一片，乌云密布。穿过长屋门，村长跟众人分开，独自向坡下走去。其余五人则一同往坡上走。爬到坡顶，金田一耕助也必须另走一路了。因为去幸庵的家要朝左拐。

“那么，客人，就麻烦您了。”竹藏把背上醉醺醺的幸庵移到金田一耕助肩上，“金田一先生，您多当心，别摔跟头。”

“放心吧。”

幸庵的家离这里也就两百多米。他虽然烂醉如泥，但也没到完全不省人事的地步，还能趔趔趄趄地自己走路，不会给耕助造成什么负担。可走这伸手不见五指的山路，多少让耕助有些怯阵。要是一个不小心把灯笼给弄灭了，摔下悬崖去也不是开玩笑的。

耕助右手提着灯笼，左手扶着幸庵，顶着风深一脚浅一脚地好不容易才走到幸庵家。

“哎呀呀，老爷……真是的……”

幸庵是个鳏夫，家里除了他只有一名老女佣。耕助对老女佣夸张的惊叫和道谢充耳不闻，把人送回家便立刻往回赶。风越吹越猛。一个人走着，海浪高亢的怒吼声忽然真切得仿佛响在耳畔。天幕如墨，漆黑一片。耕助感觉背后的狂风似乎在催他赶他，不由得小跑起来。

难道会发生什么事？不，肯定是发生什么了。这黑暗、这狂风——花子那样的小女孩，不可能在外面玩到这么晚。难道会发生什么事？不，肯定是已经发生了。

耕助只觉心一直扑通扑通急跳不停，不一会儿，他便回到了刚才与众人分手的三岔路口。只见东边漆黑的山路上，一盏灯笼由远及近。从朦胧的人影来看，像是竹藏和了泽二人。

耕助来到羊肠小道的这头等他们。来人走近，果真是竹藏和了泽。

“怎么样，打听到阿花的去向了吗？”

“他们说不知道。”

“那个姓鹈饲的在不在？”

“在，说是已经睡下了。我本来想把他叫起来好好问问的，可他们口气很冷淡，只好作罢。”

“老板娘出来了吗？”

“没有，是女佣跟我们说的——反正，我是真怕到那家去。”竹藏苦笑着说。

上次耕助就听理发店的老板说过，志保竭力想把大名鼎鼎的看潮人竹藏拉拢过去。但竹藏割舍不下情意深重的本鬼头家，断然拒绝了她的邀请。分鬼头家的仪兵卫和志保为此都大为恼火。

“竹藏，接下来你打算怎么办？”

“唉，当然不能撒手不管。本鬼头家都是女人……早苗太可怜了。”竹藏感慨道，不安得身体直发抖。

“啊，师父往那边去了。”了泽一直提着灯笼一声不吭地站在两人旁边，这时却忽然小声说道。定睛一看，只见一盏灯笼悬在半空中，越走越远。

见状，竹藏忽然下定决心般说：“我们再跟师父谈谈吧。我也不知道怎么办才好。”

“也好。那我们一起过去吧。”

三个人肩并肩登上羊肠小道。前面的人好像也注意到了他们，故意把灯笼提得高高的晃了晃。耕助也晃了晃灯笼回应。前面的人又开始慢慢向上走。竹藏三人不约而同地加快了脚步，向前赶去。从海面吹来的狂风掠过红松林，树枝剧烈地摩擦着，发出令人毛骨悚然的声响。往西走的时候，风大得让人根本抬不起头来。

转过一个弯，两个弯，三个弯……前面的灯笼时隐时现。三个人经过那座土地庙时，前面的灯笼已经登上石阶了。了然毕竟上了年纪，这段石阶爬起来很费力。在他缓缓攀登石阶的阴影里，灯笼忽明忽灭。三人到达石阶下的那条直路时，了然已经爬到了石阶尽头，灯笼的光亮也倏地不见了。

就在三人走到石阶前时，刚才消失的灯笼忽然又出现在了石阶上，快速地游移着。

“了泽！了泽！”了然慌里慌张地喊着。

“来了！”了泽应道。

了然没再说什么，接着又进了山门。

“师父怎么搞的，怎么那么慌张？”

耕助只觉胸口猛地一紧，顾不上言语，抢在他们两个人前面跑上了石阶。或许是受到他的感染，了泽和竹藏也默默地跟在他身后跑了上来。

这时，了然再一次出现在了石阶上，摇晃着灯笼喊：“了泽！了泽！”

这回他的声音比刚才还要焦急，有些变调，似乎在颤抖。

“来了！师父，出什么事了？”

“金田一先生在吗？”

“在，金田一先生和竹藏都来了。”

“什么，竹藏也在？竹藏，快过来！不得了了！”说完，了然又跑进山门里面。

三个人莫名其妙地愣在原地，彼此对望一眼，随即十分默契地向山门跑去。

耕助第一个跑进山门，只见灯笼光在禅堂前面晃来晃去。

“师父，怎么回事？”

“哦，金田一先生，你看那个，你看！”

了然完全变调的声音哆哆嗦嗦。他刚举起灯笼，跟在耕助身后跑来的了泽和竹藏立刻发出尖叫，全身僵立。耕助虽没尖叫，但惊讶程度绝不亚于他们俩。一瞬间，他呆若木鸡。

如前所述，连接正殿和禅堂的回廊前，有棵令千光寺颇为自豪的老梅树。现在正值秋季，树上没有花，叶子也已凋谢。而就在它向南延伸的枝干上，吊着一样令人毛骨悚然的东西。

原本系在花子身上的腰带一端绑在她的膝盖处，另一端则像条美丽的锦蟒似的缠在梅枝上。乍看之下，花子简直就像一条倒挂的怪异锦蟒。她双目圆睁，在灯笼的照射下闪闪发亮，一动不动地瞪着在场所有人，仿佛在嘲笑众人的大惊小怪。

恰在此时，海边骤然刮来阵阵猛烈的阴风，千光寺四周的森林顿时一片沸腾。一只夜鸟裂帛般尖锐的鸣叫响彻夜空，划破恐怖的黑暗。花子倒吊着的尸体在风中摇摇晃晃，软弱无力的头发披散着，宛如一条条黑蛇在地上蠕动。了然慌忙从怀里掏出念珠。

“南无释迦牟尼佛，南无释迦牟尼佛……”

伴随着沉重的叹息，了然微微动了下嘴唇，似乎低声说了句什么。这句话在此后很长一段时间内都清晰地铭刻在金田一耕助的心里。

他听到了这样的话："是疯子，但任何人都无可奈何。"

逻辑问题

"是疯子，但任何人都无可奈何。"

这到底是什么意思？难道了然知道谁是凶手？金田一耕助被这个推测吓了一跳，向了然投去探询的目光，而对方正默默地数着念珠。

看竹藏和了泽的神情，两人早已吓破了胆，只管目不转睛地呆望着那条倒挂的不祥锦蟒。风越来越大，环绕寺院的红松林猛烈地咆哮着。花子乌黑的头发依然如黑蛇般在地面上来回蠕动，沙沙作响。

耕助终于回过神来。同一时间，他的职业意识——不，应该说是与生俱来的调查本能也猛然复苏。

他举着灯笼，尽可能看清尸体的位置和绑在梅枝上的腰带的系法，才回过头对竹藏说："竹藏，能不能麻烦你把幸庵医生叫来？这会儿他应该已经醒酒了。"

"好的。"竹藏如梦初醒似的揉揉眼睛，又回过头喊了声"师父"。

然而这时的了然神态非常古怪。他面朝禅堂站着，却好像完全没听到竹藏的声音，眼神茫然。

"师父，师父！"

竹藏又连着叫了两声。忽然，了然手中沉甸甸的如意咣当一声掉到了地上。

“什么事，竹藏？”了然赶紧捡起如意，声音听起来似乎在发抖。

“金田一先生让我跑趟腿，把幸庵医生叫来。”

“啊，是吗……那就辛苦你跑一趟吧。”了然慌里慌张地咽了咽口水，又低声念起“南无释迦牟尼佛”来。

“那……”他刚念了两遍，竹藏就用征询的目光盯着他问，“本鬼头家那边呢？是不是我也去通知一声？”

“本鬼头家那边……嗯，那你也顺便去一趟吧。只告诉她们花子找到了。记住，别说她被杀了。金田一先生……”

“嗯。”耕助看着了然，等待他说下文。

“花子……是被杀的吧？”

“恐怕是。因为看起来实在不像自杀……”

了然的这个问题让耕助不由得想笑出声来。但考虑到场合，他慌忙咬紧槽牙强压住笑意，用挠头来掩饰自己的失态。

“啊，嗯。竹藏，你还是不要把这件事告诉本鬼头家了。那里全是女人，受到惊吓就太可怜了。”

“好的。那我先走了。”

“对了，稍等一下……你顺便也去通知村长，请他到这里。金田一先生，麻烦你去通知一下驻在所，好吗？”

“清水先生不在驻在所。”

“不在？”

“嗯。笠冈的总局下了召集令，他中午过后就开着摩托艇出发了。不过竹藏……”

“在。”

“谨慎起见，麻烦你还是去趟驻在所吧。如果清水先生回来了，就叫他来这里。”

“好的。师父，那我去了。”

风势越来越猛。后山的红松林狂啸着，骚乱不安。

竹藏顶着大风，像与次郎人偶[①]一样艰难地张开双臂，手忙脚乱地冲出山门，衣袖上的家徽隐约可见。他前脚刚走，大颗大颗的雨滴便稀稀拉拉地洒了下来。这雨似乎是刚才那阵狂风带来的。

“可恶！”耕助仰头望着黑漆漆的天空，气得咂了咂嘴。

“金田一先生，怎么了？”

“雨……”

“雨？啊，是啊，看样子一时半会儿是停不了了。一下雨……”

“要是天亮前能停就好了。一下雨，脚印就一塌糊涂了。”

“脚印？”了然恍然大悟般大吃一惊，“我都忘了。金田一先生，请到这边来看一下。”

“什么事……”

“我有东西想给你看。了泽，你也过来。”

“师父，这具尸体……就这么吊着没关系吗？”了泽像尊石像似的呆立了一阵，这会儿才战战兢兢地开了口。

“啊，那个……金田一先生，怎么办呢？能放下来吗？”

“暂时就那么放着吧。清水先生说不定已经回来了。”

“嗯，好。了泽，别管花子了，你也到这儿来。”

三人离开可怕的老梅树，朝方丈的玄关走去。不早不晚就在此

---

①日本传统玩具，双臂细长舒展且悬有重物，能使其保持平衡。

时，蓄势已久的大雨迫不及待地一泻而下。

“可恶！”耕助再次愤愤地望了一眼天空。

“唉，这场雨下得真不巧。对了，金田一先生……”了然边冲进玄关的挑檐下边说，“刚才我不是比你们早一步回来了吗。我原本打算从玄关进去，可想起这扇门从里面上了锁。所以……请往这边走，脚下危险，小心。”

沿着房檐转过去，紧临后面的山崖有个后门。门开了道缝，里面伸手不见五指。

“玄关的门锁着，于是我绕到了这边。但是……你们看。”说着，了然举起灯笼。

“怎么了？”

“挂锁不知被谁拧断了。”

耕助和了泽两人不由得倒吸了一口凉气。那把挂锁已被拧断，敲进后门柱的钉子上，只剩下一半锁还在摇晃。

“了泽，这扇门是你关的吧？莫非那时候……”

“师父，不可能。我把门关牢才上的锁。那时候还好好的。”

“师父，这扇门是谁开的？”

“是我。我取出钥匙刚要开锁，就看到锁已经被扭断了，当时我吓了一跳，推开门一看……就看到了那个。”了然举着灯笼从半开的门缝往里面照，只见门口的水泥地上有几个很大的泥鞋印。

“师父，有小、小偷……”了泽吓得结结巴巴。

“或许吧。你们看，这脚印还很新。我大吃一惊，赶紧去喊你们。”

“哦，所以您才匆忙跑了出来。”

“嗯。但在去叫你们之前，我总感觉这附近有些不对劲，为防万一，就拿着灯笼四处照了照，结果就看到……”了然咽了咽唾沫，继续说，“花子的尸体。”

“师父，这么说您还没到屋里去？”

“当然了，我哪儿有时间啊。”

“那我们现在先到里面查看一下吧。”

“嗯，好。了泽，你先进去开灯。”

“师父……”

“怎么了？了泽，你在发抖？真是个胆小鬼。”

“可是，师父，小偷搞不好还在里面。”

“了泽，没事的。你看这脚印是一进去就出来了。不过，还是我先进去吧。”

“不，我先进去。”

了泽走在前面，一打开厨房的灯，立刻大叫起来。

“了泽，又怎么了？”

“师父，看样子小偷没脱鞋就进来了，您看，有这么多泥鞋印。”

“啊，这可不得了。有没有什么东西不见了？”

“我正在查看。”

“师父，把灯笼借给我用一下。”

耕助的灯笼让竹藏拿去了，于是他拿着了然的灯笼查看后门外面。稍往前点就是高耸的山崖，由于一天到晚几乎见不到阳光，地面总是湿乎乎的。这里也留下了许多清晰的大鞋印。耕助根据自己的经历判断，这应该是军鞋的鞋印。那人从外面进来，然后又走了出去。但露天的地面坚硬，很难找到鞋印。更何况又下了这么大的雨……

“可恶！”

瞪着这倾盆大雨，耕助又气呼呼地咂了咂舌头。他再从后门回去的时候，厨房里已经没有了然和了泽的身影。

“师父，了泽。”他喊了两声。

“哎，我在这儿。”

方丈里传来了泽的声音。耕助提着灯笼来到方丈，只见了泽正独自打开壁橱查看里面。

“有什么东西丢失吗？”

“这个……现在还没有发现……”

“师父呢？”

“他到正殿查看去了。”

这时，了然从正殿那边喊道：“了泽，拿灯笼过来！”

幸好耕助的灯笼还没有熄掉，他立刻提着跑了过去。正殿里开着灯，亮堂堂的。朝南的棂格上悬窗大开，了然从栏杆上面往台阶下看。

“师父，您发现什么了吗？”

“嗯。把灯笼给我。”了然把灯笼伸到栏杆外，看到香资箱旁散落着三个烟头，还有五六根用过的火柴，“了泽，你打扫过这里吗？”

“我每天早上都来打扫。而且即便是来参拜的人，也不会在这种地方吸烟啊。”

“那就是小偷所为了。看来这个贼从后门溜进来之前，还坐在这儿的台阶上吸了会儿烟。”

幸亏正殿房檐较深，烟头和火柴都没有被雨淋湿。耕助从怀里取出备用的和纸，把烟头和火柴全部捡起来放到上面。这时，他忽然兴奋地挠着头发朝了然转过头来。“师父，这些烟头给我们留下了很有价值的线索。您瞧，这些手卷烟都是用词典纸卷的。”

“啊，没错。还是英语词典。”

“对，这是简明英日词典的纸，用来卷烟倒挺合适。师父，这座岛上谁有英语词典？”

“这……本鬼头家可能有吧。千万太和阿一都上过学，那儿应该有英语词典。”

“但本鬼头家现在有人抽烟吗？”

了然闻言猛地一怔，霎时瞪大了双眼，抓着栏杆上宝珠形装饰物的厚实大手也剧烈地颤抖起来。

“师父，您怎、怎么了？”见了然上气不接下气地急促喘息，耕助也慌了神，结结巴巴地问。

“啊，嗯……不……可是，怎么可能有这么荒唐的事……”

“师父，出、出什么事了？有人会在那里吸烟吗？”

“我曾经见过一次早苗那姑娘卷烟。说起来，就是那种乱七八糟写满字的纸。那时我问她卷给谁抽……”

“她怎么回答？”

“她说是伯父……”

耕助忍不住打了个寒战，托着纸的手直打哆嗦。

“师、师父，早苗说的伯父，就是那个关在禁闭室里的……”

“是的，就是那个疯子。我记得很清楚，当时听她那么说，我还叮嘱道：‘早苗，给那个疯子烟抽不要紧，可千万别给他火柴。’早苗说她会小心的。”

正说到这儿，外面传来一声骇人的巨响，惊得天花板上的老鼠四处乱窜，三人心里都不由得心里咯噔一下。风力仍有增无减，雨水在狂风的裹挟下歪歪斜斜地砸下来，花子的身体早已完全湿透，沉重地摇晃着。雨水顺着她一直拖到地面的黑发瀑布般流了下来。

了泽边打寒战边念道："南无……"他上下牙碰得咯咯响。"师父、师父，照您的意思，今晚到这里来的，就是那位关在禁闭室里的本鬼头家主人吗？"

"怎、怎么可能！我没那么说！只是因为你提到烟的事……"

耕助紧紧地盯着了然的脸。"师父，可是您刚才说了些奇怪的话啊。"

"我？什么时候？"

"刚才……发现花子尸体的时候……"

"发现花子尸体的时候？我说什么了吗？"

"您说了。我听得不是很真切，但听到一句'是疯子，但任何人都无可奈何'。"

"什么？我说过这样的话吗？"

"是呀，您的确说了。我当时还纳闷呢。疯子应该是指本鬼头家的主人，您可能在说他。师父，您是不是觉得这回的事与本鬼头家的主人有关？"

"'是疯子，但任何人都无可奈何'，我这样说过吗？是疯子，但任何人都无可奈何……是疯子，但任何人都无可奈何……"

忽然，了然瞪大了眼睛，恶狠狠地盯着金田一耕助，宽阔的肩膀也跟着抖动起来，嘴角猛烈地抽搐着。下一个瞬间，他张开双手，紧紧地捂住脸，踉踉跄跄地倒退了两三步。

“师父！”耕助见状呼吸急促地喊道，“您……想起什么来了？”

了然捂着脸，许久一言未发，双肩不住抖动。随后他缓缓地把手从脸上拿开，像看到了晃眼的东西似的眯着眼睛，避开了耕助的视线。

“金田一先生。”他低声呼唤。

“嗯。”

“你误会了。我确实说了那番话，但这跟本鬼头家的主人没有丝毫关系。”

“可……可是……师父，您说的那句话到底是什么意思？疯子指的又是谁？”

“金田一先生，我不能说。这……这太可怕了。”这时，了然全身又开始颤抖起来。半晌他才叹了口气，有气无力地说：“金田一先生，这世上有许多你无从想象的可怕事情。没错，它们完全超出了普通人的常识范围，恐怖得相当离谱。疯子……没错，这一切完全是疯子所为。但是……我现在不能说。总有一天，我会对你和盘托出，不过不是现在。求你现在什么也别问了，好吗？问了也是白问……”

他说着，从正殿的栏杆探出身去。

“我好像看到有个人提着灯笼朝这边走来，大概是幸庵吧。趁他还没到，我们再去查看一下禅堂吧，反正也是顺便的事。”

如前所述，禅堂和正殿由一条回廊相连。禅堂是一座宽约五米半、长约十一米的细长建筑，坐西朝东。打开回廊尽头的板门，中间是一条纵向走道，左右两侧各铺了一排榻榻米。每人一块，专供打坐用。榻榻米右侧十块，左侧十块，在第五块的位置又岔出一条横向走道。两条走道的交叉处即禅堂的中央，安放着一尊佛像。从山号取“医王山”也能猜得出，这尊佛像是药师如来。横向走道的左边便是禅堂的入口，外面是庭院，令人毛骨悚然的老梅树就在那里。禅堂入口两边各有一长排带有竖向粗格子的窗户。

了然提着灯笼，把禅堂的各个角落都查看一遍后，又打量起入口的门来。门从里面牢靠地插了门闩。

“嗯，没发现任何异常情况。了泽，方丈里丢什么东西了吗？”

“师父，我还没仔细查看，目前没发现异常。”

“哦。这个贼真奇怪。难不成是我们寺里太穷了，没什么值得偷的物件？对了，幸庵应该差不多到了，我们去那边等他。”

耕助一言不发，依旧陷在沉思中。他一直惦记着了然先前说的话——里面的逻辑问题让他百思不得其解。

尽管了然做了解释，但显而易见，他在诡辩。毫无疑问，疯子指的就是本鬼头家的主人与三松。其实，凶手无论是与三松还是其他什么人，一定是个疯子！如果了然想表达疯子才会做出那么变态的事来，他应该说：“因为疯了，所以让人无可奈何。”

而传到耕助耳朵里的却不是这句，明明是：“是疯子，但任何人都无可奈何……”

这究竟是什么意思？什么意思……

今晚的节目单

倾盆大雨中，幸庵和村长荒木真喜平勉强撑着伞跑了进来。随后竹藏也奔了进来，看样子他回了趟家，带家徽的和服已换成便装。三人全淋得像落汤鸡一样，幸庵邋遢的山羊胡子在滴水。

“师父！”幸庵在山门处看到了然，哆嗦着脸颊的肌肉喊了一声，之后就不再言语，上下动了动大大的喉结。村长荒木则紧闭嘴唇，默默注视了然。刹那间，可怕的沉默气氛在这岛上三巨头之间弥漫开来。

过了片刻，了然终于开了口：“两位辛苦了。请先去看看花子吧。”

看来大致情形他们已经听竹藏说过了，了然一说完，两人便马上快步往老梅树走去。幸庵走起来摇摇晃晃的，村长的脚步却依旧沉稳。

了然正要抬脚跟上，竹藏从后面喊道：“师父。”

“啊，竹藏，辛苦你了。本鬼头家情况如何？”

“月代和雪枝已经睡下了。早苗非常担心……”

“那孩子很聪明，会不会已经察觉到了什么？”

“可能是吧。她说要跟我一起来，被我硬是拦下了，我还拜托阿胜看好她。”

“竹藏，清水先生那边怎么样？”耕助插嘴问。

“清水先生好像还没有回来。”

“哦？辛苦你了。”

到了老梅树边上一看，幸庵和村长如冻僵般呆住了。尽管身为医生，幸庵还是不停地打着寒战；荒木则面无表情，目不转睛地望着尸体。察觉了然走到身边，村长回过头来。

“师父，总不能让她一直吊在上面吧。能不能把她放下来？”

“金田一先生刚才说，清水来勘验之前就这么放着比较好。既然他到现在还没有回来，也不能就这么放到天亮。我看，你跟幸庵看看就行吧？金田一先生，怎么样，可以把她放下来吗？”

“好吧。我也来帮忙。”

“不用。竹藏，你去帮忙弄下来。”

“是。那放下来扛到哪里？”

“嗯，暂且先搬到正殿。了泽，咱们还有草席吧？去找一张铺到正殿的地板上。”

竹藏和耕助很快就把尸体解下抬进正殿。了然又吩咐道：“幸庵，接下来就看你的了。请仔细查看一下。”

幸庵不愧是医生，对死人见多识广。当看到从梅树上解下来的尸体躺在正殿的草席上时，他已经不再发抖，开始用从医多年练就的娴熟手法检查尸体。

“幸庵先生，死因是……”耕助在旁边关切地问。

“应该是被勒死的。瞧，她喉咙这儿留有被布手巾之类勒过的痕迹。只不过……”幸庵边说边稍稍扶起尸体，“在此之前，花子被什么东西猛击过头部，后脑勺上有处明显的伤口。血只流了一点点，但已经被打昏。”

“那照您的意思，凶手是先将阿花击昏，而后才将她勒死？”耕助不放心地再次确认道。

“对，歹人恐怕就是如此残杀了花子。”幸庵措辞古旧，“或许歹人将她击昏后仍不放心，为防万一，又实施了绞杀。我猜，勒死花子的可能是布手巾——就是平时常见的那种。”

“那阿花死了大概多长时间了？”

“这个嘛，必须经过更详细的尸检才清楚。从尸体的表面特征来看，约莫有五六个小时了，精确时间不会相差很多。对了，现在几点？”

耕助看了眼手表，正好十二点半。

“那么，就是今天的……不，应该说是昨天晚上的六点半到七点半之间死的。”

幸庵推测的死亡时间和自己推测的大致吻合。这么个留着老气山羊胡子的医生竟也能推断得如此准确！耕助禁不住对他刮目相看。

耕助虽不是医生，但对医学知识并非一无所知。

受久保银造资助在美国念大学时，耕助曾在医院里做过类似夜间见习护工的工作。当时学费虽全部由久保银造负担，但耕助觉得受之有愧，于是萌生出凭借一己之力赚取部分费用的念头。而且那时他已开始考虑将侦探这份与众不同的职业作为以后的谋生手段，所以不可否认，他选择做护工的另一个原因是想多积累些医学经验，好有助于日后的工作。

此外耕助还经历过多年的战争生涯，目睹过无数人的死，有被炸死的，也有病死的。每次看到尸体，他都不忘仔细查看，这使他练就了对人死后僵硬状态的敏锐判断力。关于花子的死亡时间，他凭借经验认为幸庵的推测相当准确。

简言之，花子是在十月五日下午六点半到七点半之间被杀的。死亡时间已经可以确定，问题是花子究竟是什么时候来到千光寺的？耕助再次努力回忆起傍晚的事。

最后一次看到花子的身影，是在刚开始播放劳动新闻的时候。

那么，花子应该是在六点十五分之后，才偷偷溜出家门来到千光寺的。

耕助离开千光寺时正好是六点二十五分。因为了然让他带灯笼出门，他还特意看了看手表，故而印象深刻。此后，他便朝山下走去。沿羊肠小道约走了一半时，他遇见了前往千光寺的竹藏。那时应该是六点二十八分左右。

然后，他跟竹藏告别，独自前往分鬼头家。他在那里耽误了些工夫，离开后马上往回赶。即将上羊肠小道时，他恰巧遇到了从山上下来的了然、了泽和竹藏三人。接着，一行四人前往本鬼头家。那时，早苗正在收听有关复员的消息。众人到达本鬼头家时，复员消息刚刚播放完毕。

在这段时间里，收音机的节目单如下：

六点十五分——劳动新闻

六点三十分——气象预报、节目预报

六点三十五分——复员消息

六点四十五分—— Come Come 英语[1]时间

金田一耕助很高兴，他发现不用计算，大家的行动时间就已经一目了然。

根据这份时间表进一步推测，可以大致总结出如下情况：

从金田一耕助离开寺院的六点二十五分至大家一起抵达本鬼头

①日本放送协会自 1946 年起播出的英语教学节目，一度掀起学习英语的热潮。

家的六点四十五分，千光寺到本鬼头家这段路上始终有人走动。但此处有个问题：他不知道了然与了泽离开寺院的确切时间。说不定他们是在他拐上通往分鬼头家的那条岔路后出来的。若是这样，那只有在这一段时间里，从羊肠小道到千光寺的路上没有人。

即便如此也无妨。倘若耕助拐上通往分鬼头家的那条路的同时，花子开始沿羊肠小道往上走（并无事实依据），按照女子的步速，到达千光寺至少要十分钟。在这段时间里，了然他们肯定已离开寺院，否则从分鬼头家返回的耕助就不可能在即将上羊肠小道时碰到他们。那么，如果了然是在这十分钟之内离开寺院，应该会在途中遇到花子。但既然没遇到，就说明花子踏上羊肠小道并不是在那期间。

花子究竟是什么时候前往千光寺的呢？

若花子从家里离开时是六点十五分，到耕助离开寺院的六点二十五分只有十分钟。即便花子仅用十分钟便到达寺院（女子如奔跑也不无可能），那时还在寺院的人必定会注意到她。

金田一耕助所住的书斋位于寺院最里面，从那儿看不到外面的情形。但从了然的起居室——方丈却既可以看到整个山门，也可以将整条羊肠小道尽收眼底。那时若方丈里的拉门开着，只要花子进山门，了然或了泽定有一人看到。

耕助由此推测，六点十五分离开家的花子会不会没有直接来千光寺呢？莫非她先去了别的地方，等到千光寺没人才过来？

但这样一来，又出现了新的问题。

第一，花子在来千光寺之前去了哪儿？

第二，更关键的是花子为什么要来千光寺？

第二个问题立刻就找到了答案。

为查看花子身上是否还有其他伤痕，进行尸检的幸庵从正面解开了她的和服。这时，从她的贴身衣物里啪嗒一声掉出件东西。是一封信。由于被花子揣在怀中，纵然雨下得那么大，也没怎么湿。

“是信啊。”从幸庵身后探过头来的村长禁不住用颤抖的声音轻呼一声。

“我看看。”了然说着一把抢了过来，“哎呀，这信封真妖艳。”他就着灯光看了看，随即说，“金田一先生，我眼睛不好使，麻烦你给念念吧。”

耕助接过信，只见是女学生等常用的那种印有花纹图案的小信封，正面写着“月代小姐收”，背面写着“知名不具”。

“什么？月代小姐？那这封信是写给她姐姐月代的了？”

“真奇怪，花子为什么会揣着月代的信？”

“是啊。还是先看看内容吧。‘知名不具’，那表明写信人与收信人知道彼此是谁。真卑鄙！十有八九是分鬼头家那女人搞的鬼，这种事也就她做得出来！”

耕助打开信，只见里面这样写道：

月代小姐：

今晚七点，我在千光寺内等你。待寺中无人之后，我俩再互诉衷肠。

知名不具

读着信，耕助感到既滑稽又不快，浑身上下似乎都奇痒难忍。

这封信简直是模仿了江户时代的人情本[①]。

“是鹈饲写的吧？”

“应该是。不过，那种话肯定是志保一句一句教他的。除了那女人，再没人想得出那么恶心的句子了。”

“有哪位认得鹈饲的笔迹吗？”

众人都摇头否认。

“即便没有人认得，也肯定是他写的。花子绝对就是因为这封信，才来到千光寺！”

“可是，师父，这是写给月代的信。”

“这不成问题。肯定是花子阴差阳错地拿到了写给月代的信，却没有交给姐姐，而是自己偷偷跑到了这里。对了，幸庵，你说过傍晚曾看见那个小白脸往寺院的方向走？那时大概是几点？”

“这个……师父，几点我没仔细看。只记得当时我正朝本鬼头家走，在拐弯的地方跟那家伙碰了个正着。再后来，我瞥见他拐过去上了羊肠小道。”

幸庵到达本鬼头家的时间比金田一耕助他们稍晚，应该是在六点五十左右。如此看来，鹈饲章三肯定是在耕助离开分鬼头家后不久便紧跟着出了门。

“师父，难道是那家伙把阿花骗出来，然后……然后……在这里把她杀了？”说话的是看潮人竹藏。

“鹈饲……把花子……”幸庵自言自语道，然后分别看了了然和荒木一眼。要说是鹈饲把花子骗出来的，没人表示怀疑，但说他杀

①日本江户时代后期到明治初年流行的一种通俗小说，主要描写恋爱故事。

了花子——在场的任何一个人都无法当即作答。

耕助还不是很了解鹈饲，但凭那一面之缘，他实在无法想象模特儿似的鹈饲会干出杀人这般残忍行径。当然，人不可貌相……

“师父，鹈饲吸烟吗？”

“吸烟？”了然吃惊得皱起眉头，接着说，“我倒是没见他吸过烟。金田一先生，你怎么忽然问起烟来？”

“没什么。我只是在想，那些烟头会不会是鹈饲留下的……如果是鹈饲，应该有可能从月代、雪枝或花子那里得到那样的卷烟。”

“不可能，那家伙不抽烟。”竹藏在一旁插嘴道，“我记得很清楚，有一次我给他烟，他说自己不抽。可是师父，”说着，竹藏凑到了然跟前，焦躁地紧握拳头捶了下榻榻米，“不管是谁杀了阿花，为什么要把她吊在那种地方？而且还莫名其妙地倒吊……师父，您说杀害阿花的凶手为什么要这么残忍？”

是啊，耕助也正思考这个问题。难道凶手那么做仅仅是想吓唬人？还是也想像小说家那样，为换个花样制造出惨不忍睹的场面，一时兴起故意为之？

不，不，不！

耕助并不这么认为。不知为何，他总觉得，凶手将花子的尸体倒吊在那里，有某种强烈的暗示。凶手一定是疯了，因为这种事只有疯子才做得出来！但狱门岛上所有人都有些不正常，对凶手而言，那种超常规的杀人手法或许也隐藏了他深刻的理由和企图。

竹藏的一席话瞬间唤起了大家的噩梦。每个人都陷入沉默，像掉入了冰窖般瑟瑟发抖。

就在这时，厨房那边忽然传来了泽急促的喊声：“师父！师父！”

了泽连声大喊着冲进正殿。“师父、师父，我知道小偷偷走什么了！师父，小偷偷走的是——”他得意扬扬地举着空空如也的饭桶给众人看，“师父，这里面原来差不多还剩了半桶饭，现在却完全空了……”

小偷竟然偷走了剩下的半桶饭！

第三章 发句屏风

惨剧发生后的第二天清晨，狱门岛上雾气浓重。

天亮前大雨就停歇了，未降的雨水化作湿漉漉的浓雾，把整座狱门岛都包裹起来。医王山千光寺沉浸在深灰色的晨霭底部，如同追逐着尚未做完的梦的眼睛一般，隐隐泛白。

拂晓时分，睡得迷迷糊糊的金田一耕助忽听正殿传来阵阵诵经声。他猛地睁开眼睛，只见门窗紧闭的书斋内仍一片昏暗，但凛冽幽微的晨光已穿过木板套窗的缝隙洒了进来，在房间的每一个角落里飘荡摇曳。他趴着看了看枕边的手表，已经八点多了。看来，今天早晨连了然都起晚了。

他趴在原地，伸手拿起枕边的烟点上火，然后一手托腮，边抽烟边漫不经心地听了然诵经。今天早晨的木鱼声听起来格外冰冷，仿佛直透心底。

他呆呆地回想昨晚的命案，很想从老梅树那幕可怕的场景中寻找出指向真相的蛛丝马迹。可是，或许由于睡眠不足，他无法集中精力深入思考，脑子里浮想联翩，各种念头像跟他捉迷藏似的一个劲地转来转去。

于是，他打算暂时不去考虑这件事了。他想干脆利落地起床，但慵懒的身体贪恋被窝里那份舒适的暖意，实在下不了起床的决心。

而且，那笃笃的木鱼声也容易勾出睡意，和现在懒洋洋的心情配合得恰到好处，简直是在引他继续懒散下去。他难以抗拒这种诱惑，决定再躺一会儿。他又点燃一支烟，无精打采地托着腮，惺忪的睡眼心不在焉地打量起枕边两扇可折叠屏风。

几天前的晚上，了然说到了半夜岛上会很冷，专程送来了这两扇屏风。它们像衬托在人偶身后的屏风一般小巧可爱，整面底纸上都贴着木版印刷的字画。文字似乎是从古代俳谐[①]集中摘出来的句子，又有些像连句[②]，但因字体非常奇怪并且歪歪扭扭，除了“哉”“呀”这些字之外，耕助一个都认不出来。底纸上一共贴了三张彩纸，右边两张，左边一张。上面画的不知是和尚还是什么风流雅士，全部采用一气呵成的笔法。右边两张画的人物头戴宗匠头巾，身穿黑色十德。[③] 从额头上画了三道类似皱纹的线条判断，这应该是位年事已高的老者。虽然姿势不同，两张纸上画的颇似同一人。再来看左边彩纸上画的人物。哎呀，这人一看便知很没教养。他虽身穿和右边人物同一款式的十德，却大敞着前襟，连肚脐都看得到，盘着的腿上也露着浓密的黑毛，再加上圆圆的光头无遮无拦，简直跟秃头海

①日本平民诗的一种形式，狭义为俳谐连歌的简称，以滑稽、机智为特色。

②日本明治以后，将俳谐连歌的发句（第一句）独立的部分称为俳句。为与此相区别，将两句以上相连形式的俳句称为连句。

③宗匠头巾是一种顶部平坦的圆筒形头巾，十德则是一种短上衣，它们是日本从事文学、茶道等工作的人的常见着装。

怪没两样。在这些肖像上面分别写着类似俳句的文字，但由于同样以狂草写成，比底纸上的俳谐还难辨认。金田一耕助明知根本不必硬要读懂这种天书似的文字。可只要一闲下来，内心深处就会涌起一股焦躁和不安。为平复心绪，他气运丹田，决定专心致志地努力看懂这些字句。

他从右上方的句子看起。这句的前五个字和最后五个字似乎都是用平假名写成的，可光看出这一点，并不能读懂句子的意思。他上下交替注视着十个假名。俳人特有的潦草字体酷似梅雨过后蚯蚓留在泥地上的痕迹，首尾都无法辨认，让他一头雾水。最后，他终于放弃这两句，转而把目光移向作者的名字。奇怪的是，落款处好像写着两个名字。他非常纳闷，又仔细看了看，才发现其中一个名字下面写了一个“抄”字。他恍然大悟，原来彩纸上面的字句并非原作者本人所写，而是别人抄上去的。他重新仔细一看，其他两张彩纸的落款处也有这个名字，后面同样写着“抄”字。可见，三张彩纸上的字句是同一个人写上去的。接着，他从三张彩纸中尽量选出容易辨认的字，终于看出其中一个名字是“极门”。

“原来如此。”金田一耕助心满意足地感叹道。

“极门”这个雅号毫无疑问是模仿“狱门岛”这个称谓的。[①]那么，在这些彩纸上写字的自然是狱门岛上的居民。但只弄清楚这些并没有任何意义。于是，耕助又试着解读原作者的名字。这名字由三个平假名组成，仔细一看，右边彩纸落款处也有相同的字。这么说来，画上头戴宗匠头巾、身穿十德的两个人物果然是同一人。可这个名

①在日语中，“极门”与“狱门”发音相同，读作 GOKUMON。

字是……左思右想琢磨了一阵，耕助好不容易才看出那三个字是“おきな”[①]。

“怎么，是芭蕉吗？”

这种口吻着实不逊，怎么对得起地下的芭蕉翁呢？但他这样说未必是瞧不起被部分俳人尊为神的芭蕉翁。或许，他只是对费尽九牛二虎之力才认出的名字竟然众所周知而感到有些扫兴。

如果是芭蕉的俳句，辨认起来就容易些了。金田一耕助又重新看了一下那十个假名，看它们当中是否有お、き、な。擦亮眼睛苦心思索了一番，他终于明白这首俳句怎么读了。写出来就是：

头盔压顶蟋蟀鸣。

金田一耕助有种如释重负的感觉。旗开得胜之后，第二首也出乎意料地顺利解读成功。

一家游女萩和月。

这两首俳句均出自松尾芭蕉的《奥州小路》，金田一耕助在上初中时就已经学过了。

弄清楚右边两张画上的文字后，就剩下左边一张的了。从肖像画上也可以看出，此人应该不是芭蕉。芭蕉举止不会如此粗俗。而作者的名字似乎既非おきな，也非芭蕉，更非はせを。不过，既然右

---

① おきな和下文中的はせを都指芭蕉。

边写的是松尾芭蕉的俳句，左边的俳句照理说应该也出自能跟芭蕉相媲美的往昔大家之手。总不至于把无名之辈的不入流作品写在那儿，来侮辱俳句鼻祖芭蕉翁吧！于是，金田一耕助搜肠刮肚地努力回忆古代大师的名字，最后终于解读出是“其角”[1]两字。

“原来是其角啊。这字写得还真不是一般地难认！”

金田一耕助愤愤不平地哼了一声。说到其角这个人物，耕助只是听过他的一桩轶事而已。传说其角曾于寒冬腊月在桥上跟大高源吾进行过一场类似禅问答[2]的辩论，后来却出了大丑。至于其角的俳句，耕助就不太了解了。所以，他对解读接下来的文字并没有什么信心。

“啊……那时候的发句是什么来着？对了，是‘残年残生寒如水’吗……也不是这句。”

金田一耕助在记忆深处翻箱倒柜地一通乱找，终于想起两三首可能出自其角之手的俳句。

“松影明月更添愁，沁凉兮星流旷野……好像也不是这两句。伊势之芒——那句是怎么说的？伊势之芒……嗯……不，肯定不是。这句到底怎么念啊？”

金田一耕助费了好一番力气，却只认出の、を、に三个假名来，又冥思苦想了许久，终于认出这句的最后两个字“可那”。那么，现在这首俳句就是：

〇の

①榎本其角（1661－1707），日本江户时代诗人，松尾芭蕉门下的十高徒之一。

②禅的修行方法之一，由修行者提问，高僧作答。

〇を〇に

〇〇可那

〇的部分按说应该是汉字，但不管怎么绞尽脑汁都看不出来。从“〇の”后面换了行来看，前面的部分应该是五个假名，但现在只有一个〇，那说明填在这里的汉字发音为四个假名——会不会是“橘の”呢？不对不对，这个词没有意义。

“金田一先生！金田一先生！”

正百思不得其解，典座房里忽然传来呼喊声。这一喊不要紧，惊得金田一耕助研究屏风的那股执着劲霎时烟消云散。

“金田一先生、金田一先生，您还没有起床吗？”

金田一耕助听出是驻在所巡警清水的声音，立刻匆匆忙忙地从被窝里爬了起来。不知为何，他想到马上就能见到满脸胡子的清水，心底不由得涌起一股亲切感。与此同时，他也有种被忽然唤回现实的感觉。什么狗屁其角，一边去吧！

“请、请稍等一下。我马上就来。”

听起来，了然他们还在做早课，但好像快结束了，僧磬声声缓慢悠扬，寒冷的空气似乎也随之震荡起来。耕助迅速换好衣服，把寝具放进壁橱。打开窗户一看，他才知道下了大雾，惊讶得一连打了三个喷嚏。

看到金田一耕助光着脚、冻得哆哆嗦嗦地跑进厨房，清水从胡子中咧出一嘴白牙笑了。但紧接着，他又慌忙收起笑容，咳嗽两声清了清嗓子，装模作样地摆出一副阴沉的表情。

“不好意思，起得太迟了。”

“啊，不要紧。您一定累坏了。谁让昨天晚上出了那种事。”清水看上去也睡眠不足，一双无精打采的眼睛都陷下去了。

“是啊，很不巧又下着大雨……您刚回来吗？”

“嗯，刚到。这边也出了大乱子，我那边的事也够呛呢。这简直跟拍电影似的。”

“怎么了？”

“我们去追海盗船了。双方还展开了枪战，难道这边听不见吗？”

“没有。就发生在附近？”

“是啊，就在真锅岛那儿。那场面可不得了。对方也就七八个人，但全都很拼命，所谓穷鼠啮狸嘛。他们每个人都有手枪，对着我们砰砰砰地乱射。我们当然也不是好惹的，怎么可能乖乖等他们收拾。双方你来我往，激烈程度堪比屋岛的坛浦之战[①]哪。”清水夸张地描述道。

金田一耕助忍不住笑起来。

“那可真不容易。你们抓到海盗了吗？”

“唉，全都逃走了。很遗憾，他们射过来的子弹刚好击中了我们的发动机，引起了故障，船最后抛锚了。都是因为这个，才让那些家伙卷着波浪逃掉。别看他们的船也就十五吨位级左右，速度可快着呢。”

“那太可惜了。只有您一个人对付海盗吗？”

“怎么可能！总局那边来了很多船。听说闯进水岛的仓库偷走纺织品和杂货的家伙就在他们当中，所以才撒了网引他们上钩。对了，

---

① 日本平安时代末期，平氏和源氏两大武士集团展开夺权斗争，坛浦之战即为双方的最后一战，以平氏覆灭、源氏取得政权告终。

我还遇到一个认识您的人哪！”

“认识我的人？”金田一耕助吃惊地反问道。

这话听起来好像海盗团伙里有耕助的亲戚似的。清水再次换上沉重的表情，用怀疑的眼神盯着耕助的脸，清了清喉咙深处的痰，忽然变了话题。

“金田一先生，我挺喜欢您的。谁都有私心，所以我偷偷地提醒您——您要是做了什么亏心事，还是赶紧逃走比较妥当。”

“您、您、您说什么？”

就算是耕助，也让清水这番突如其来的善意提醒吓了一大跳。

“我做什么亏心事了，谁、谁说的？”

“认识您的人啊。那人问我，狱门岛上有没有发生什么怪事？我回答说，现在倒是没有，只是来了一个叫金田一耕助的流浪汉……啊，哎呀……这么说太失礼了。”

“没关系，就叫我流浪汉吧。也就是说，您告诉对方岛上来了个叫金田一耕助的可疑人物，对吧？那接下来呢？”

“接下来啊，那个人大吃一惊，说：‘什么？金田一耕助来了？’然后他又问我，那个金田一耕助是不是长得这个样子？我一听丝毫不差，于是回答说，就是那样的。那人更加吃惊了，说：‘这可不得了，那个人没事是不会随随便便跑到狱门岛那种孤岛上去的，他肯定有什么目的。清水，你千万要留点神，务必把那个人看好了。我最近一定会找时间过去一趟……’”

金田一耕助越发诧异。他死死地盯着清水说：“清水先生，那、那个人究竟是谁？”

一脸严肃的清水清了清嗓子，直直瞪着金田一耕助，说：“就是那个姓矶川的警部啊。在冈山县大家都叫他老狐狸，又老又厉害。”

金田一耕助闻言，立刻激动得咯吱咯吱拼命挠起头来。咯吱咯吱、咯吱咯吱，由于用力过猛，头皮屑像雪花似的纷纷扬扬散落开来，连清水也禁不住倒退了两三步。

“金田一先生，您认识矶川警部吗？”

“认、认识，我当然认识了。这、这么说，他还健在？”

“当然健在了。虽然警察当中也有很多被派上了战场，但他看起来平安无事。”

“那、那、那么您刚才说，他可能会来这座岛？”

“金田一先生，”清水越发疑惑起来，皱着眉头不解地问，“哎呀，您怎么了？在哭？”

“啊，没有……哈哈哈！”

金田一耕助赶紧伸手擦了擦眼睛。

如果诸位读过《本阵杀人事件》，肯定能领会金田一耕助失态流泪的原因并给予同情。在冈山县某农村发生的那起离奇密室杀人案，是金田一耕助刚出道时接的案子，那时跟他合作的就是矶川警部。但如果仅仅因为这点事情，耕助或许就不会哭了。问题是从那起案件到现在，中间夹了那样一场巨大的战争，许许多多的男人都被派往海外。即便是留下来的人，也几乎在战火中家破人亡，妻离子散，生死不明。金田一耕助生活在这座陌生的孤岛上，心里免不了生出丝丝缕缕的感伤。所以，忽然听到老朋友的消息，他不顾体统，激动得流泪也完全在情理之中。

“金田一先生，您不用逃走吗？”

清水用探询的目光盯着金田一耕助，担心地问。

“啊，我看还是不用逃了。反正天网恢恢疏而不漏嘛。哈哈哈！”

金田一耕助高兴地笑起来。清水丈二和尚摸不着头脑，哼了一声。

“说实在的，金田一先生，今天早上听看潮人竹藏说了昨晚的事，我就想立刻把您绑起来。谁让昨晚矶川警部对我说了那么一番话呢。您以前肯定是吃警察这碗饭的吧？我从警部的口气里也听出来了，您绝对不是一般人……”

金田一耕助好不容易才停下不笑了。

“原来如此，原来如此，您说得有道理。但是，看您到现在还没有把我绑起来，您是不是又改变了主意？”

“是啊。我思前想后考虑了很多，但还是有一件事想不通。我的推测跟您的身份对不上号。若是相反的话，我早就毫不留情地把您捆起来了。”

“啊？什么相反？”

金田一耕助吃惊地看着眼前的巡警，不清楚这位老好人在想什么。

清水为难地眨了眨四周布满皱纹的眼睛。

“您是本鬼头家千万太的战友，而且是受千万太之托到这里来的，对吧？”

“对、对啊。”

“所以我才为难。相反，如果您是分家阿一的战友，受阿一之托到这里来，就和我的推测完全吻合了，那我会当即把您捆起来。”

金田一耕助这下更吃惊了。他紧盯着清水，仿佛要把他看穿。

“金田一先生，您还不明白吗？本鬼头家的千万太的确死了，政府都送来了正式通知，这不会有假。既然千万太死了，鬼头家的所有财产是不是全归阿一一个人呢？且慢，当然不行，因为还有月代、雪枝和花子三姐妹，只有把她们一个个解决掉……”

听到这儿，金田一耕助背上忽然蹿过一阵寒意。他久久地盯着清水胡子拉碴的脸，以示抗议。然后，他努力克制住情绪，用沙哑的声音说：“我知道了。您说的是这么回事吧——如果我是阿一的战友，受他之托来这儿，那我就大有嫌疑，可能是他派来的刺客，是不是？”

“没错，没错，我考虑的正是这个。不过您……”

“不，请稍等一下。我觉得您这种设想存在几个令人难以信服的地方。第一点，身在缅甸的阿一绝对不可能知道位于新几内亚岛的千万太是死是活；第二点，派刺客来，不就是找了个帮凶吗？这太危险了。您不觉得与其这样，还不如本人回来，亲自悄悄下手更安全？”

“我才不那么想。我倒是觉得派刺客来最安全。您想，要是阿一回来之后，鬼头家的姑娘们一个个被杀，最先遭怀疑的就是他了。但是现在，阿一还在缅甸，任谁都不会怀疑到他头上去。而且……即便您是阿一派来的刺客，您也和鬼头家毫无关系，所以，大家也不会怀疑您……”

“可是、可是，我刚才不是说了，身在缅甸的阿一绝对不可能知道千万太的死讯。”

“所以这是阿一押的宝。千万太上战场的事，阿一也是知道的。他肯定想，这场战争打了这么久，千万太恐怕早就死在什么地方了。

于是，他把所有的事都托付给了先一步回来的战友。如果千万太还活着，那就算了；要是已经死了，就在他回来之前，把活着的三姐妹统统干掉……不对，搞不好他还嘱咐说，如果千万太已经活着回来，就要第一个把他干掉！”

没料到老好人清水嘴里竟然也会说出这么可怕的话，金田一耕助的震惊程度自然非同一般。他咬紧牙关，屏住呼吸，茫然地凝视远方。过了好一会儿，他才重新把视线移回清水身上。

“可是，清水先生，您的假设不成立。因为我不是阿一的战友，而是千万太的战友，这一点您也承认吧？”

清水放心地松了口气，晃了晃肩膀。

“我承认。实话告诉您吧，我刚才去本鬼头家问过早苗，也查看了您带回来的那封介绍信，上面的笔迹确实是千万太的。而且，早苗和胜野也都这么认为。这就是我没有把您绑起来的原因。”

“那太感谢了。不过，清水先生，您为什么会有那么可怕的想法？难道阿一可能会做出那种事？”

“我也不知道。脑袋里怎么会产生那么可怕的怀疑，连我自己也不清楚。大概跟待在狱门岛这种鬼地方有关吧。唉，金田一先生，我不是跟您说过吗，这座岛上的居民全都不能用常识来揣测，古怪的地方多的是。在他们贝壳一样坚硬的外壳里，隐藏着很多令本土人匪夷所思的奇特想法。再加上经历了这场战争，大家多多少少都有些神经错乱。说不定，我也已经不正常了。如果不是因为这些，我的脑袋里肯定不会产生这种可怕的想法。”

清水说着，摸着脑袋，神情悲怆地摇了摇头。

清水的想法显而易见是错误的，最有力的证据就是金田一耕助至今根本没见过这个叫阿一的人。当然，他也不能把清水的假设当成无凭无据的妄想，付之一笑，因为这一想法里或许一开始就包含了可怕的真相！

就在这时，金田一耕助耳畔又回响起千万太那如怒涛如远雷般令人心惊胆战的临终遗言：代替我去狱门岛吧……我的三个妹妹会被杀掉的……堂弟……我堂弟他……

“哎呀，清水，辛苦你了。”

金田一耕助吓了一跳，忙回过头来，只见做完早课的了然和了泽从正殿走了过来。两个人也都睡眠不足的样子，面部微微浮肿。

“了泽，赶紧去准备早饭。金田一先生，你饿了吧？”

说完，了然又把脸转向清水。

“清水，没想到出了这种事，又得劳烦你费心了。尸体安放在正殿那边，现在就过去看看？啊，对了，我们还是先吃饭吧，请稍等一会儿。金田一先生……”

了然又看着金田一耕助说：“金田一先生，你不是说天一亮就去查看鞋印吗，莫非已经查看完了？啊，还是睡过头了刚起来？哈哈哈，这也在所难免。昨晚谁都不可能睡好。碰上那种事，又加上刮大风下大雨的，真是‘后山彻夜风雨声’啊。真应了借宿在寺院里的曾良作的这首俳句。他的俳句虽然不怎么样，却把昨晚那种感觉都表达出来了。”

了然就喜欢引用古时的俳句。他用睡眠不足、干巴巴的声音哈哈笑了笑。

只要肯等待，爱情就会来

如前所说，这座岛上的居民信仰之心非常虔诚。金田一耕助记得，刚住进寺里的第二天早上，天还没完全亮，来参拜的善男信女的脚步声、祈祷声，以及丁零当啷敲击铃铛的声音就把他吵醒了。他原本还以为那天是什么缘日[①]，后来才知道岛上天天如是。听说，岛上的居民如果在出海捕鱼或干别的营生之前不到寺里来参拜，一整天都会心神不宁。与其说是信仰，倒不如说这是他们每天早上的习惯，跟洗脸刷牙全无二致。

不得不承认，今天早上清水安排得非常妥当，山门没进来一个人。浓雾弥漫的寺院里见不着半个人影。都怪太清净，金田一耕助才意外地睡过了头。但令他高兴的是，现场没有被踩得乱七八糟。

“金田一先生，还是先吃饭吧。昨天晚上忙到那么晚，肯定饿坏了吧？清水，你也先喝杯热茶。工作待会儿再说。”

“啊，谢谢。”

寺里的早饭非常简单，是麦饭加味噌汤，还有几块腌萝卜。清水嫌脱鞋麻烦，干脆坐在厨房边，喝着典座了泽送来的茶。忽然，他一下子想起来似的问：“对了，师父，刚才我听竹藏说，昨晚那个贼把饭桶里的饭全吃光了，是真的吗？”

“是真的。吃得干干净净。”

---

①与神佛有缘之日，如神佛诞生、显灵的日子，人们往往在这天进行祭祀。

“了泽，那里面的饭之前还剩多少？”

“这个嘛，应该足够三个人吃的了。昨天我忘了要去本鬼头家吃饭，一不留神就做了跟平常一样多的饭。”

“哦。那贼可真不是一般地能吃。师父，杀了人之后，肚子会那么饿吗？”清水一本正经地问。

金田一耕助听了忍不住笑起来，照这样喝茶的话肯定会呛着，他赶紧放下茶杯。“我吃饱了。那我们现在就去查看一下那个大胃口的小偷留下的脚印吧？”说着，他迅速从矮脚饭桌前站起身。

如前所述，后门外面紧靠一处高耸的山崖，所以地面总是湿乎乎的。但由于房檐很深，尽管下了一夜暴雨，地上的脚印也没有被雨水冲掉，完好地保存了下来。

“啊，这是军鞋的鞋印吧？早知道我们进来的时候再小心些就好了。看样子，那个贼是从这儿进来又从这儿出去的。”

这些脚印昨天晚上被了然、了泽和金田一耕助踩了一遍，今天早晨又被清水踩了一遍，看起来已经十分模糊。但显而易见，四处遍布的脚印分为往里走和往外走两种。

“清水先生，这座岛上有人穿军鞋吗？”

“有啊，多的是。最近复员的人越来越多，而且前些天还刚给岛上配给过一批军鞋。啊，请过、过来一下，金田一先生！”

正在弯腰观察脚印的清水忽然高声喊金田一耕助。

“您看这儿，瞧这鞋印，上面好像有蝙蝠形状的痕迹。是地面的关系才踩成这样，还是鞋底原本就有损坏？”

“啊，是的。这只是右脚吧。稍等一下。”

金田一耕助也弯下腰来，在被踩得乱七八糟的脚印中寻找右脚的鞋印。

“清水先生，看来那真是鞋底本身的损伤。您看，这儿和这儿都是……”

顺着金田一耕助指的方向看去，果不其然，那些右脚的鞋印虽然有深浅的差别，但无一例外都在脚趾的位置有蝙蝠状的痕迹。

“嗯，这么说凶手右脚上穿的鞋鞋底有这种损伤。不，应该说穿这种鞋的家伙就是凶手！嗯、嗯，这真是最好的证据。”

清水似乎对自己的发现颇为得意。这时，金田一耕助猛地直起身子。或许因为完全没给人反应的时间，清水吓了一大跳，盯着他问：“金田一先生，您怎么了？”

金田一耕助像根本没听见似的瞪着眼，一动不动地牢牢注视着半空。清水脸上忽然掠过一丝怀疑的神色。

“金田一先生、金田一先生，您到底怎么了？莫非，您认识穿这种军鞋的人？”

“我？”

金田一耕助茫然不解地回过头来。看到清水眼中写满疑惑，他马上摇了摇头。

“没、没有的事。怎、怎么可能！”

“可是您刚才看到这种鞋印，干吗那么惊讶？”

“不，清水先生，不是那样。我刚才吓了一跳是因为……这件事以后我再跟您解释。我们还是先到外面去看看吧。”

清水脸上的疑云更加浓重了。在他看来，金田一耕助想躲避他的视线，鬼头鬼脑地穿过院子朝外面走去。这时的金田一耕助做梦都没有想到，自己这番举动在老好人清水心里留下的深重阴影，会对后来案情的发展产生多么重大的意义。如果他早知道，肯定会毫不迟疑地把刚才发现的事实一股脑告诉清水。

原来，刚才金田一耕助在找清水所说的右脚鞋印的过程中，忽然发现往里走的脚印比往外走的多很多。不仅如此，往里走的脚印当中，有一些显然是在往外走的脚印之上踩出来的。

这究竟说明了什么？脚印的主人从外面进来，然后又走了出去。到这里没什么，但问题是从这些脚印看，他再一次返回了寺里。他后来去了什么地方？既然没有出去两次的脚印，那这家伙就应该是进了厨房——

想到这儿，金田一耕助脑中忽然浮现出昨天晚上大家围站在老梅树旁时了然的奇怪举动。当时了然面朝禅堂站着，不知道被什么吓了一跳，忽然咣当一声把手中沉甸甸的如意掉到了地上。把如意捡起来的时候，他的手还是不住地颤抖。莫非，那时候他发现有人在禅堂里——那他岂不是知道里面藏的就是凶手！

顺着往下想，金田一耕助觉得了然后来的举动也都很可疑。捡起如意后，他随即催促耕助和了泽到厨房的后门查看。从厨房拐出去就看不到禅堂了，这不是故意给躲在禅堂里的人制造逃跑的机会吗？而且……耕助的心扑通扑通地越跳越快。后来耕助查看完脚印从厨房外面进来时，只有了然一人待在正殿里。那时候他会不会已经抢先进过禅堂，把凶手逃走时经过的入口那扇门从里面重新上好了门闩？然后，他为了表示没有异状，故意若无其事地带着金田一耕助和了泽到禅堂里查看了一番……

没错。了然知道凶手是谁。他认识凶手！无论从他看见花子的尸体时说的那句疯子如何的话，还是从这件事，都可以断定他认识凶手。不，他不光是认识，还故意将凶手放走了。

金田一耕助一边前前后后地思考这些事，一边转来转去地认真检查千光寺的前庭，但这里并没有留下他期待的脚印。本来，千光寺就是劈开遍布花岗岩的医王山建起来的，只要一连几天不下雨，寺里的地面就会跟磨刀石一样坚硬。但因为昨晚下了场那样的暴雨，院子里被冲得到处都是泥沙。耕助特别仔细地留意了禅堂附近，可也没有发现脚印。由于正殿和禅堂里面都没有泥鞋印，耕助猜测凶手进去之前应该把鞋脱了。那么，凶手从禅堂跑出去的时候，肯定也没有穿鞋。如果赤脚走路，即便昨夜没有下那么大的雨，也未必会留下脚印。最终，只在一处发现了五六个干巴巴的泥鞋印，就是昨晚发现烟头的正殿前面的香资箱旁。而且在那些鞋印里，右脚的鞋印全都有蝙蝠状的印痕。

“哎，清水先生，凶手应该在这里休息了一会儿。这里与山门正好位于一条直线上，虽然看不见石阶，却能看见石阶下面的路。他坐在这段台阶上，便可以一眼望到从山下上来的人。凶手大概就是在这里一边监视山下，一边抽烟。”

“抽烟？您怎么连凶手抽过烟都知道？”

“因为这里落下了烟头啊。哦，对了，这件事您还不知道吧？”

“什么？那烟头呢？”

“我已经收起来了。是了然师父发现的。”

“金田一先生！”

说完这句，清水当即挺了挺胸脯，露出威严的神色。他似乎为该如何表达因现在这份意外而遗憾的心情颇费了一番苦心，最终愁眉苦脸地开口道：“你到底有没有把我放在眼里？再怎么说，我暂时还是维护岛上治安的巡警。你完全无视我的存在，不但自作主张把尸体放了下来，竟然连烟头也擅自收起来，这到底算怎么回事？发生了案件，尤其是杀人案，保护现场有多重要，这种常识你不可能不知道吧？难道你故意要妨碍我的调查工作？”

“好了好了，清水先生……”

“什么好了好了，快把烟头交出来！不，光交出来还不行，你得认认真真地把它们放回原处！”

“这、这怎么可能啊……”

“什么不可能！烟头落在哪儿、是什么样子，这些说不定都对破案具有重大意义。假如你无法照办，我只能以毁灭证据的罪名逮捕你了。”

“怎、怎么了？清水先生，您干吗一下子说起这种狠话来？凭咱们的交情，您不必说得那么强硬啊。”

“什么你跟我的交情？你跟我有什么交情？请你别胡说八道！你是来历不明的流浪汉，而我，可是这座岛上堂堂正正的巡警！”

清水气势汹汹，俨然要跟金田一耕助决一死战。

耕助不知所措，无奈地说：“您、您说得倒是没错……啊，欢迎欢迎。您来得正是时候。刚说要去府上拜访您呢。啊，不是我，是清水先生那么说的。对吧，清水先生？”

恰巧这时，分鬼头家的志保从山门走了进来，身后还跟着美少年鹈饲章三。他们的到来对金田一耕助来说简直是一场及时雨。清水为何突然间判若两人，耕助一时还没有什么头绪，不过托这两个人的福，他觉得至少可以暂时避开清水锐利的话锋，于是竭力献殷勤。他根本没有注意到，自己这番举动更加重了清水的怀疑。

“两位在争论什么呀？”

志保来之前一定格外精心地化过妆。她从晨雾中缓缓走来，面庞宛如葫芦一般白净美丽，轻盈的步伐就像一步步踏在虚空之中。她似乎已经掌握了如何使自己完美优雅的技巧，全身上下都散发着妩媚的气息。

“没、没争论什么。”

像往常一样，金田一耕助又开始结结巴巴。他焦急地挠起头来，仿佛只要挠挠头，结巴的毛病就能改掉似的。

“哎呀，是吗？那就好……清水先生，”志保厌烦地瞥了金田一耕助一眼，然后看着清水说，“我啊，听到一件怪事，所以专程来找您。”

“什、什么怪事？”

清水一面对这个女人，气势比刚才跟金田一耕助对峙时锐减了不少。他慌里慌张地说完这句，赶忙使劲咽了下口水。

“怪事就是怪事啦。我想请大家好好地听我说说，所以把鹈饲也带来了。金田一先生，了然师父呢？”

“我在这里。”了然从方丈里慢吞吞地来到正殿的外廊，“志保，进来吧。仪兵卫怎么样了？痛风好点儿没有？哎，了泽，去给大家拿坐垫来。那边那位，叫什么来着……啊，想起来了，鹈饲，你也进来坐吧。没什么可怕的。你这么漂亮的孩子，大家疼爱都来不及，谁也不会把你给吃了的。哈哈哈，志保，你说呢？”

即便是志保，也一时被堵得哑口无言。了然盘腿坐在坐垫上，稳如泰山。志保只能无可奈何地死死盯着他。

了然不失时机地说：“刚才我在那边听着，你好像火气很大。还要请大家好好地听你说说？哈哈哈。那我们就好好听听吧。你有没有什么想对和尚我说的？有的话请尽管开口。那边，花子也在听呢。”他用粗胖的手指指了指正殿里面。

鹈饲章三闻言顿时吓得皱起眉头，悄悄躲到了志保的身后。志保也略微露出怯懦的神色，但随即整张脸都涨得通红。由于她肤色白皙，脸变红时更加明显。一瞬间，连眼睑也变得绯红，眼中闪着异样的光芒。

然而，她似乎立刻就为自己的失态后悔了。她知道，如果在这里过分激动，只能以失败告终，不会有翻身的机会。而她不愿意向任何人认输。

“呵呵，师父好讨厌呀。”接过了泽递来的坐垫坐下后，志保带着鼻音撒娇道，轻快地笑了，脸色也渐渐恢复了正常，“师父，让您那么一说，好像我是故意来找茬似的。哎呀，像我这样粗鲁的女人，确实笨嘴拙舌。即便如此，我也不是那种遇到意外也一声不吭的人……所谓‘匹夫不可夺其志’嘛。”

“匹夫？你吗？哎呀呀，你可不是什么匹夫。就算是，也是个很厉害的。”

志保的脸颊又泛起了红晕。了然看着她，说：“算了，不谈这些了。志保，你想说什么事？”

“嗯，是这样的。听说昨晚阿花在这儿被人杀了，村子里就传出奇怪的谣言来。说什么是我指使鹈饲把阿花骗出来，然后我们两个人合伙把她给杀了。这种事情无论如何都是不可能的呀！”

“原来如此，他们说得真是太过分了。不过啊，志保，话说回来，无风不起浪。你不会是干了什么让人起疑的事吧？”

“我？哎呀，竟然连师父您也说出这样的话来，我可没脸见人了。”

“别这样，我又没说花子是你们杀的。但她出来确实是因为鹈饲的信。”

“鹈饲的信？哎，鹈饲，是你把阿花叫出来的吗？”

“我叫阿花？没有啊，我不记得有这回事。”

鹈饲皱着漂亮的眉毛。金田一耕助是第一次听到这个美少年开口说话。他的声音纤细、柔美，带着颤音，还有一种无依无靠、茫然失措的余韵。

“师父，鹈饲说他没约过阿花啊。是不是弄错了？”

“啊，是我说得不够清楚。鹈饲约的不是花子，而是她的姐姐月代。但不知道因为什么缘故，花子竟然拿到了信。她没有把它交给姐姐，而是偷偷来了寺里。了泽，把那封信拿过来。哎，鹈饲，这个你应该还有印象吧？”

志保和鹈饲对望了一眼。志保稍微向前探了探身。

“哎呀，这么说阿花带着那封信才……嗯，那封信我记得。鹈饲，这种事情瞒也瞒不住，干脆把话说清楚吧。那封信是我口述，鹈饲写的。可这也没什么呀。鹈饲和月代，俨然一对情投意合的小夫妻嘛。大家却总是吹毛求疵，想拆散他们。我啊，实在是看不下去，才想成全他们。哼，我才不管别人怎么说。我非要促成这桩姻缘给大家瞧瞧。”

说这番话时，志保的语气相当温和。然而，这温和的语气深处，却能看到这个女人钢铁般的坚强意志和险恶用心。

“哦，那倒是没问题。你要干什么是你的自由。不过，鹈饲，这么说你昨晚也来过这儿？确实是到过寺里吧？当时有人看到你沿着羊肠小道朝这个方向走。”

鹈饲脸上略微露出犹豫的神色，但迫于志保催促的视线，他往了然跟前挪了挪。然后，他好像觉得晃眼似的躲避着众人的目光，战战兢兢、吞吞吐吐地说了下面一番话。

“嗯，我是来过。关于这件事情，我知道大家肯定对我有误会，所以今天就是特地来向各位解释的。我把信送出去之后，想着月代小姐必定会来，于是到这里等她。可是，半个小时过去了，一个小时过去了，月代小姐始终没有现身。最终，我只好放弃，回了家。我想说的就是这些。”

“嗯，原来是这样。那在这段时间里，你有没有在什么地方看见过花子？”

“没有，一面都没见着。我做梦都没有想到阿花会来这儿。”

“那你到底是几点钟左右到这里的？”

“几点啊，具体的时间我不记得了。但我出门的时候，这位……”说着，鹈饲看向金田一耕助，“金田一先生刚离开分鬼头家不久。我看到在羊肠小道下面，金田一先生跟从山上下来的了然师父等人碰了面，随后一起朝本鬼头家走去。等完全见不着你们的背影了，我才上了羊肠小道。虽然不确定在这里待了多久，但回到家不一会儿，就响起了八点的钟声。所以估计我在这里等到了七点半左右。”

“嗯，假如这期间你没有见过花子，那这孩子到底在哪儿？”

了然摸着下巴，环视众人。没人打算开口。志保这时又稍微往前挪了挪。

“不管怎么说，这件事情跟鹈饲无关。他根本没有杀阿花的理由，而且最重要的是，他也没有这个胆量！”

金田一耕助一直在旁边饶有趣味地看着了然与志保交锋。这时，他才终于开口道：“请问鹈饲先生，你在等月代期间有没有抽烟？”

“烟？没有，我不抽烟。”

“那昨天晚上，你穿的是和服还是西服？”

“和服。我没有什么像样的西服。”

“但总归还是有西服吧？那鞋子呢？是军鞋吗？”

“嗯，是军鞋。”

“清水先生，谨慎起见，请您去看一下他的鞋子好吗？但我想可能不是那种……鹈饲先生，我还有最后一个问题，你是怎么把写给月代的信送过去的？那封信为何会落到阿花手里？”

“这……”鹈饲又有些迟疑，注意到志保催促的眼神，他只得红着脸说，“我们——我跟月代小姐之间传递书信的时候，都是放在爱染桂的树洞里。那棵树的树干上有个小洞，我们约好放在那里。”

“爱染桂？”

在场所有人都禁不住瞪大了眼睛。金田一耕助兴奋得咯吱咯吱直挠头。

“那可真浪漫啊。真有这种树吗？”

鹈饲更害羞了。“我也不知道。听别人说，那是凌霄花，但月代小姐不听，非说那是爱染桂。那棵树长在羊肠小道下面山谷的竹林里。因为它七月份的时候会开出可爱的红花，月代小姐说对着那棵树起誓，幸福就会降临……”

川口松太郎的小说《爱染桂》拍成电影之后，曾感动得全日本无数女孩洒下伤感的泪水。主题曲《只要肯等待，爱情就会来的爱染桂》至今依然在全国各地被传唱。

狱门岛上没有电影院，但听说这部电影在笠冈放映的时候，岛上的所有女孩都乘着特意准备的船去看了，其中最痴迷的当属本鬼头家的三姐妹。在电影上映期间，她们一直借住在笠冈的熟人家中，天天去看，每次都哭得梨花带雨。

“原来如此。”清水似乎深为感动，小声嘟囔道。

“‘只要肯等待，爱情就会来’。只可惜昨晚爱染桂失灵了，所以月代不是只要等就可以等来的。谁让阿花把信给夺去了呢。鹈饲先生，阿花知道你们的秘密吧？”

“她肯定知道。本鬼头家的三姐妹当中，阿花是最难缠的一个。”志保在一旁说。

“哦，这样就弄清阿花身上怎么有那封信了……啊，村长来了。”

村长荒木真喜平依然一副闷闷不乐的表情，嘴角耷拉下来。他从山门走了进来，竹藏跟在后面。

“清水，真伤脑筋……电话还是打不通。”村长望了望众人，算是打招呼。随后，他转向清水说道。

“电话？电话怎么了？”了然询问。

“今天早上我一听说这里发生了命案，就打算立即报告总局。不巧出了点故障，电话就是打不通。于是我去请村长帮忙。电话打不通还真是不好办，也考虑过派人去跑一趟，或是请巡航船帮忙带口信……可无论哪种办法都太费时间。村长，电话一时半会儿修不好吗？”

“要是海底电缆出了故障，恐怕暂时不行了……总局那边的人可能会来得比较迟，我们也不能把尸体一直放在这儿吧？我看最好还是先让本鬼头家领回去。门板我们也带过来了，师父，您觉得怎么样？”

“是啊。昨晚的情形大家都看得一清二楚，也不缺证人。这件事就由清水来决定吧。我觉得本鬼头家把尸体领回去也行。”

清水一时不知所措，最终还是根据商量的结果，让本鬼头家先把尸体领回去。

就这样，狱门岛的第一个牺牲者不久便被放到门板上，抬下了千光寺所在的医王山。而第二个牺牲者失踪，就在这天晚上。

头盔压顶蟋蟀鸣

理发店的清公曾说过这么一番话：

“我是这么想的。虽说这座岛上的居民基本上是海盗后裔与流放罪人的子孙，可我猜还有一部分人可能带着平氏的血脉。就拿志保来说，她怎么看都不像地地道道中国地区的人。这里之所以会忽然出现她那样的怪物，不容置疑，肯定和祖先的血脉有关，肯定是平家的高贵女官或小姐经过几百年再度投胎转世的。早苗也一样。尽管比起志保，她更像这里的人，可从她年纪轻轻就妄自尊大、争强好胜的性格来看，同样非比寻常。这么说也许不太合适，不过照我看，连早苗也是个怪物！”

不愧走遍了全国各地，清公到底见多识广，如此精通遗传学的法则，真是了不起。

当时金田一耕助只是当趣闻听了听，但到了今天，他不得不再次对清公肃然起敬。

因为当花子的尸体被抬到本鬼头家的时候，早苗的反应实在是太冷静干脆了。当然，她脸色苍白，眼神里也多少流露出一些不安，但绝对没有慌了手脚。她一边教训一大把年纪还吓得哭哭啼啼的胜野，安慰放声大哭、战栗不已的月代和雪枝，一边针对各项事务对竹藏逐一下达指令。看到这番情景，金田一耕助不由得想起清公的话来。早苗的言行举止里透出家臣接回阵亡主公一族一般的胆识。此刻，她是在用纤纤玉手支撑起落日孤城。

“那……”

终于把花子的尸体在佛堂安置妥当之后，大家围坐到一起。早苗以询问的眼神紧盯着了然，眼睛里充满无限怨愤。

了然生硬地咳嗽了两声，开口道：“没……没想到竟然会发生这种事情，对各位真是抱歉。”说完，他伸出宽大的手掌摸了摸自己的脸。

接着，村长荒木也以沉重的语气说：“既然出了这种事情，千万太的葬礼只能往后延迟了。”

早苗迅速转过脸来，严厉地注视着村长。“不，这些都无所谓。最重要的是，究竟是谁干出了这种事？是谁……谁对阿花做了这么残忍的事？”

没有人能回答这个问题。房间里陷入一片死寂。

在这种出奇不自然、意味深长的沉默中，金田一耕助忽然感觉在场的所有人都心怀鬼胎。

医生幸庵的山羊胡子哆嗦着。“要是知道的话，就不会这么麻烦了。”说完，他垂下瘦弱的肩膀。

“不，不可能不知道。”早苗转向幸庵那边。“这里又不是东京或大阪那样的大都市。岛上的居民数都数得过来。再说了，四面都是海，也不可能有外面的人进来。所以，不管是谁杀了阿花，毫无疑问是岛上的人。不……”

早苗说到这儿顿了顿，瞥了金田一耕助一眼。“肯定是这座岛上的人，或者现在在岛上的人干的。所以怎么可能不知道凶手是谁……对吧，师父？”

“嗯，话是这么说……”

“阿花怀里不是有那个人……鹈饲的信吗？”

“是的，没错。花子之所以溜出家门，偷偷去了寺里，的确是因为那封信。但我觉得那个人不会做出那么可怕的事来。最重要的是，他完全没有杀花子的动机。”

“为、为什么没有？对，鹈饲可能没有杀人动机，但不能断定他背后的那些人也没有啊。仪兵卫和志保呢？他们……他们……”

“早苗！”

了然冷不丁地高声呵斥。早苗吃了一惊，畏怯地看了看了然，紧接着将苍白的脸深深地埋下去。了然的语气温和了一些。

“话不能这么说。遇到这种事，也难怪你会激动。以你现在的心情，胡乱怀疑人也在情理之中。但是万万不能乱说！也不看对方是什么人，要是他们听到你刚才那番话，会善罢甘休吗？即便你不操心，如果那些家伙真干了什么亏心事，警察也会秉公处理的。清水，你说是不是？”

“啊……是、是的。师父说得没错。只要掌握确凿的证据，不管凶手是船东，还是船东夫人，我们绝对不会轻饶。一定会把凶手捉拿归案。放心吧，不必那么焦虑。”

清水捻着他那邋里邋遢的胡子，摆出威严的架势。

然而早苗似乎并不信任这副德行的清水，低着头紧咬嘴唇，一滴泪珠落到她的膝盖上。

这时，金田一耕助向前探了探身。“是啊，关键是证据。不管怎样，我们必须竭尽全力搜集证据。对了，早苗，我有件东西想请你看一下。”

耕助从怀里掏出此前发现的烟头。清水见状，立刻愤愤地哼了两声，表达不满。了然和幸庵交换了一下视线，村长荒木则仍旧严肃地撇着嘴，正襟危坐。

早苗皱起眉头，疑惑不解地问：“那烟头是……”

“嗯……我想跟你打听的，就是这个。这是你给里面那位……那位病人卷的吗？”

早苗重重点了点头。

“这些烟头是在千光寺的院子里发现的。具体来说，就在阿花的尸体旁边。”

早苗惊讶得瞪大了眼睛，难以置信地凝视着金田一耕助，呼吸逐渐急促起来。

“可、可是，怎么可能有这么荒唐的事……噢，对了，那种字典不光我们家有，或许其他人家里也有啊。所以那肯定是别人家的烟！”

“对，问题就在这儿，就在这儿！这也正是我现在想查明的。你最近一次给你伯父卷烟是什么时候？”

“昨天……我想起来了，是昨天傍晚。”

“你卷了多少支？”

“二十支。”

“哦，那我能到里面……啊，不……”金田一耕助不知道在盘算些什么，说到这儿，又胡乱挠起那堆乱蓬蓬的头发来，“这、这、这么说有些失礼，怎、怎、怎么样，方便带我到里面去看一下吗？我不是在怀疑你，只、只是，这件事非常重要。”

好不容易结结巴巴地说完，他咕嘟一声使劲咽了下口水。了然、村长和幸庵全都大惊失色，呆若木鸡般盯着耕助。清水又哼了一声，表示不悦。

早苗也惊诧万分，她用探询的目光注视了耕助良久，最终开口道：“请。”她仿佛在自言自语似的，说罢便径自站起身。

“早苗，不要紧吗？会不会触怒病人？”村长忧心忡忡地问。

“嗯，我想只要我们悄悄的，应该没问题。伯父睡得很沉。”

“好，那我也去。”了然也从容地站起身。

“清水先生，您也一起来吧。”

金田一耕助又叫上了清水。如此一来，除了村长和幸庵以外，其他所有人都要前去。

耕助来过客厅多次，但从未再往里走过，今天还是头一回。如同在山上看到的，这座宅邸简直就像迷宫一样。长廊绵延不绝，迂回曲折，让人自然联想到嘉右卫门老爷生前的荣华。假若中途被人丢下不管，是否能顺利返回客厅，还真值得怀疑。走着走着，终于看到了长廊的尽头，前面连着一条回廊。

走到这里，早苗回过头来对众人说：“请诸位稍等。我先去看看伯父的情况……”

说完，她快步穿过回廊，走向对面。

金田一耕助靠在回廊的护板上，好奇地朝外面张望。浓雾化作了细雨，似下非下，弄得院子里湿漉漉的。在距这儿较远的对面有个稍高出一截的地方，建有薄木板屋顶的房子，应该就是上次了然从山上指给他看的祈祷所。耕助的视线从祈祷所扫至回廊下方，忽然发现了什么，禁不住诧异地向外探身。但不早不晚，早苗偏偏在这时回来了。

“啊，请吧……不过，请一定要保持安静。伯父正在睡觉。”

“嗯，明白。”

了然跟在早苗身后，朝回廊那头走去。清水正要跟上，金田一耕助一把抓住他的胳膊肘，在他耳边小声嘀咕了几句。清水吃惊得瞪大了眼睛，赶忙望向回廊下方。

“那……就拜托您了。”

耕助把清水留在原地，自己一个人穿过回廊。回廊尽头的走廊与回廊呈直角，转过去就是与三松的禁闭室。

如果根据“禁闭室”这个词，金田一耕助便期待看到一幅阴森凄惨的画面，那他肯定大失所望。房间周围固然嵌满了粗粗的格子门，不可否认看起来就很可怕，但里面却比想象的清爽许多，通风采光也毫无问题，十叠左右的面积看起来绰绰有余，不仅有佛龛，佛龛旁边还安着多宝格。总之，倘若没有那些与走廊隔开的格子门，这就是普通的……不，岂止普通，简直是堪称豪华的起居室。而且，打开板门，另一边就是厕所和盥洗室。这样的禁闭室应该算最高级的吧。

与三松睡在禁闭室的正中央，枕边还放着一扇小屏风。他胡子稍微有些长，头发却剪得整整齐齐，外表看起来也没什么污垢。他就那么安静地睡着，旁人根本看不出他是个疯子。他仰卧沉睡着，从侧脸和鼻梁来看，与在复员船中死去的千万太十分相像。

早苗取下挂在格子门外的一根类似钓竿的长竹竿。竹竿前端安着呈直角弯曲的金属钩子，便于钩东西。早苗把它从格子门的缝隙中伸进去，钩住了放在与三松枕边的盆的把手。盆里盛着烟灰缸和便携式烟盒。早苗灵巧地用竹竿把盆钩到跟前。看来，不必打开格子门就能操作的事情，她应该就是用这种方法来完成的。早苗从格子门边拿起盆里的烟盒，默默地递给金田一耕助。烟盒里面有六根烟。

“请顺便把烟灰缸也……”

金田一耕助低声说，早苗马上又把烟灰缸递给他。

耕助一边把烟灰缸里的烟头往怀纸上倒，一边问：“清理这烟灰缸是……”

“昨天傍晚，我把卷好的烟放进去的时候。”

“那时候你放进去的是二十根吧？”

早苗点了点头。

金田一耕助似乎很兴奋，又挠起头来。

“可是，你看，这里卷烟有六根、烟头有五个，数目总共才十一。而且……”

话刚说到这儿，或许是两个人的窃窃私语声传进了与三松的耳朵，他猛地从床铺上坐了起来。

“哎呀，伯父……您醒了？”

“与三松老爷，您还好吗？”

了然想用自己庞大的身躯挡住耕助。

与三松呆呆地坐着，茫然望着了然跟早苗。根据千万太的年龄推算，这个人肯定超过五十岁了，但光看外表，也就四十上下。可能是运动不足的缘故，他浑身虚胖，睡衣下的肩膀等处都圆鼓鼓的，盘着的腿脚也像患了脚气病似的浮肿。不仅如此，一看到他那毫无生气的肤色和黯淡无光的眼神，就知道他是个疯子。

金田一耕助的脸上流露出一丝失望。这时，对面忽然传来一阵喧闹的笑声，是月代和雪枝。她们嘻嘻哈哈地打闹着，笑得前仰后合……

“啊，糟了！”早苗大叫一声，“师父、师父，快带他去那边……”

究竟什么情况不妙，耕助很快便找到了答案。听到月代和雪枝声音的瞬间，与三松的脸勃然变色。那双黯淡无光的眼睛里霎时迸发出野兽般的杀气。他毛发倒竖，松弛的脸颊也剧烈地抽搐起来。

“金田一先生，我们去那边吧。”

了然拽着金田一耕助的手，一直把他拉到回廊下面。咔嗒咔嗒摇晃格子门的声音和野兽般粗野的咆哮声依然清晰。早苗的声音掺杂其中，听上去几乎快哭出来了。

“出、出什么事了？怎么这么吵……”

在回廊下徘徊的清水吃惊地问了然，然后意味深长地朝耕助点了点头。

“唉，疯子又犯病了。一旦那样，别人都束手无策。不可思议的是，只有早苗那孩子能让他老实下来。”

三个人一同回到客厅，只见荒木村长和幸庵一言不发地干坐着。

“师父，病人又发病了？”幸庵带着胆怯的眼神问。

村长仍旧绷着脸默不吭声。不知何处又传来月代和雪枝的笑声。了然苦着脸皱了皱眉头，不屑地嘟囔道："这还真伤脑筋。疯子一听到那声音就怒不可遏，亏他们这辈子是父女……报应啊。"

"对了，金田一先生，烟头的事怎么样了？"清水问。

"这个嘛……"说着，金田一耕助拿出两包烟头和六根卷烟，"果然是相同的。大家看，这根是用D开头的单词那页卷的，上面印有dum'dum、dummy、dump。而在寺里捡到的烟头上面也能看到dumping、dumpish、dumpling等单词。尽管不知道烟头是谁留在寺里的，但可以确定，它们绝对是昨天早苗卷的那二十根当中的一部分。而且……清水先生，那些脚印怎么样了？"

清水很为难似的皱起满是胡子的脸。

"这……太奇怪了。的确是那种脚印……嗯，是的，它们跟在寺院里发现的一模一样。"

"脚印？"了然不解地皱起眉头。

"嗯，师父，您记得我和清水先生调查过留在寺里的脚印吧。刚才我又在回廊下面发现了类似的脚印，虽然只有一个。于是，我请清水先生去查看……"

金田一耕助说到这儿，别说了然和幸庵了，连平时很少有表情变化的荒木也禁不住瞪大了双眼。

"那……那它跟寺里的脚印相同？"

清水生硬地点了点头。三个人面面相觑，最后了然向清水跟前挪了挪。

"可是，清水，这算怎么回事啊？难不成是那疯子……"

金田一耕助用探询的目光注视着了然，说："究竟是谁，我也不清楚。但毫无疑问，昨天晚上一定有人从这里去过千光寺。”

了然、村长和幸庵又茫然地彼此对视一眼。

“金田一先生，我们到驻在所去吧。我有很多事情想跟您商量下。”过了一会儿，金田一耕助与清水撇下三人来到外面，清水邀请道。此时，绵绵细雨已经停了，乌云依旧低垂，雨滴眼看还要落下来似的。

“哦，那我就打扰了。电话还没有接通吗？”

驻在所离坡下的村子很远，位于岛上最热闹的地方。村公所和清公的理发店也都在那儿。两人走到驻在所的时候，周围都亮起灯来了。

“哎呀，都已经这么晚了。”

“天气糟糕，当然感觉黑得快。阿种，阿种，有客人来了。”

清水的妻子名叫阿种，身材矮小，待人亲切，跟清水一样是个好人。但她好像出去了，里面没有一点儿回应。

“咦，不在？究竟去哪儿了……”

清水咕哝着穿过狭窄的走道朝里面走去。片刻过后，忽然传来急促的叫声：“金田一先生、金田一先生，快过来！”

“啊？出什么事了？”

狭窄的走道如隧道般昏暗。摸索着穿过去一看，里面是个约莫四坪[①]的院子。院子对面是一间狭小却牢固的拘留所。

“清水先生、清水先生，您在哪儿？”

“这边，这边……”

①日本计量房屋和土地面积的单位，1 坪约为 3.3 平方米。

清水的声音从拘留所里传来。金田一耕助毫无防备地走了进去，不料有人猛地从后面推了他一把。忽然遭到袭击，耕助不由自主地趔趄了几步。就在这时，背后的门一下子关上了，响起一阵十分得意的笑声。

“清、清水先生，您、您这是做什么？”

“哎呀，这样就没问题了。尽管于心不忍，但在总局的人抵达之前，就请你暂时待在这儿吧。”

“清、清水先生，您疯了吗？为、为什么要把我……”

“哈哈哈，你扪心自问一下吧。我觉得你行迹太可疑了。明明是个流浪汉，偏要跟个侦探似的到处晃来晃去……什么烟头啦，脚印啦，净做些我弄不明白的事。反正时间也不会太久。明天电话一接通，总局那边就会派人来的。在此之前就请你忍耐一下吧！看在我们的交情上，里面已经给你放好了被褥。等会儿就给你送饭来。你放心，我是不会饿死你的。哈哈哈。”

清水如释重负一般畅快地放声大笑。无论耕助说什么，他一个字都听不进去，笑着径自走开了。

“笨蛋！笨蛋！清水你这个大笨蛋！你完全搞错了！我才不是那种人！我、我……我……”

可是现在说什么都无济于事了。清水已经认定耕助是个可疑人物，而且最重要的是，他早就走远了，根本说不上话。真是叫天天不应，叫地地不灵。

刚开始，金田一耕助急得捶胸顿足，攥紧了拳头一个劲地砸门，把能想到的脏话统统骂了个遍。但到后来，他渐渐感觉自己的这番举动实在滑稽，清水的误解也太可笑了。结果，他越想越觉得有意思，在拘留所里笑得前仰后合，直不起腰来。

不久阿种来送晚饭的时候，耕助依然兴高采烈，反倒把阿种吓了一跳。吃过晚饭，耕助铺开清水特意为他准备的被褥，躺了下来。或许跟昨晚的睡眠不足有关，他很快就进入了梦乡。因此，对于这天晚上发生的事，他一无所知。

金田一耕助猛然惊醒过来，是因为听到了一串刺耳的电话铃声。

“啊，电话接通了！”

他迅速抬起头，只见耀眼的阳光已经从窗户射了进来。天亮了，而且是个大晴天。他舒舒服服地伸了伸懒腰，打了个大哈欠。随即，他竖起耳朵，努力听清水讲电话。但清水说得很快，他没听清，只听见挂断电话的声音，接着吧嗒吧嗒的脚步声逐渐向拘留所靠近。不一会儿，清水的脸出现在了窥视孔前。

“啊哈哈，清水先生，您太过分了，真是太过分了。竟然暗算我，太卑鄙了！”

清水苦着一张脸，用审视的目光看了耕助许久，才清了清喉咙开口道：“金田一先生，您昨天晚上没有离开过这里吧？”

“我离开这里？哈哈，开什么玩笑。您不是牢牢地上了锁嘛。我又不会隐身术……”

说到这儿，金田一耕助一下闭了嘴，重新打量起清水。他面色憔悴不堪，邋里邋遢的胡子跟平时没两样，眼睛深陷，布满了血丝，一看就知道昨晚没有睡好。

“清、清、清水先生，难、难道又发生什么事了？”

这么一问，清水哭丧得脸都歪了。很快，传来咔嚓咔嚓的开锁声。

“金田一先生，我做了对不起您的事，我误会您了……”

“清水先生，这、这种事情无所谓！到底出什么事了？有什、什么新情况？”

“请跟我来。来了就知道了。”

出了驻在所，两人朝分鬼头家的方向走去。金田一耕助根据来往路人的脸色，隐约察觉肯定又发生了什么始料未及的大事。爬上分鬼头家前面的山坡，就是一块面向大海的台地，人称天狗鼻。清水就是在那里用望远镜监视海盗的。这时，耕助远远地看见那块巨岩上面聚集了一大群人。

了然和尚、村长荒木、医生幸庵都在那儿。不知为何，幸庵的左臂竟然吊在脖子上。早苗、胜野、竹藏、了泽也全在场，志保站在离他们稍远一些的位置，鹈饲也来了。志保和鹈饲之间站着的人，金田一耕助还是头一次见，大概是仪兵卫吧。他头发斑白，晒得黝黑的脸上，两根粗粗的眉毛雪白雪白，给人一种冷酷无情的印象。

那些人为什么一言不发地站在那儿？他们在目不转睛地看什么？

金田一耕助终于走到了天狗鼻，当即呆住了。

在场的人围成半圆，中间是一口大吊钟——就是先前归还给千光寺的那口。在抬往寺里的途中，暂时放在了这儿。要去往千光寺，虽然从本鬼头家前面走比较近，但这边的山坡更缓一些。耕助看到吊钟下面露着一截相当恐怖的东西——和服的长袖子。

“是雪枝……雪枝衣服上的袖子。”清水一边擦汗，一边小声说。

“那……那……雪枝在这口吊钟下面？”

没有人回答他的问题。在这份沉重恐怖的沉默当中，每个人都是一副吓坏了的表情。太阳散发着美丽耀眼的光芒，海面上风平浪静，阵阵微风轻轻吹拂人们的脸颊。但耕助仍感觉浑身出了一层黏汗，止不住地打寒战。

就在这时，了然给雪枝念经超度般低声念了一句。照旧是按他的老习惯，念的是一首俳句。

“头盔压顶蟋蟀鸣。”

第四章　吊钟的力学

了然再怎么爱引用俳句，现在说出这种话，难免有轻率诽谤之嫌。

“头盔压顶蟋蟀鸣。”

这的确是很有意思的比喻。但不可否认，正是由于这离奇的比喻与案发现场的情形颇为相称，了然这番不严肃的话加重了笼罩在每个人心头的阴影。

他不至于想拿这么恐怖的事开玩笑吧，恐怕是忍不住才犯了平时的老毛病……尽管这么想，金田一耕助还是无法抹去心中的不快。

死亡的事实，无论在任何场合都理当是严肃的。竟然拿如此严肃的事开玩笑，这种言行怎么想都不是健康的爱好。萦绕在耕助心底的不快，可能就是源自对不健康的、病态事物的憎恨和愤怒。

在大家的注视下，了然终于也发现自己失言了。他用宽大的手掌摸了摸脸，而后装模作样地念念有词：“南无释迦牟尼佛，南无释迦牟尼佛……”

看到了然这番举动，耕助的心情也恢复了平静，他回头看看清水。

“不管怎样，既然确定雪枝在这里面，就应该尽快想办法把吊钟搬开……”

“啊，那个……”

清水垂头丧气，连说话也没有一点儿精神。

“刚才我已经吩咐小伙子们去准备了。竹藏，他们还没有准备好吗？”

“我想应该快来了……”

竹藏手搭凉棚，一直不断往坡下张望。

“竹藏，你们打算怎么把这口吊钟搬开？”

“怎么搬？没有别的法子。只能在吊钟的四周搭个架子，用滑轮把它吊起来。”

渔村里经常需要吊运重物，所以这些器械工具非常齐全。

“这样啊……”

金田一耕助似乎还有什么疑惑，他歪着头，围着吊钟踱步。吊钟就安放在悬崖边。清水跟在他身后。

“那么，金田一先生，歹人是……”清水仍使用古腔古调的说话方式，“如何把这么重的吊钟搬起来的？他不可能又是搭架子又是用滑轮的吧？何况也没有那么多的时间……”

耕助转完一圈，停了下来。

“请、请各位往后退一退。对、对，这样就好。请大家不要越过那里。”

他像小贩一样吆喝着让众人退后，随即又查看起周围的情形来。

不久，他似乎忽然想起了什么，又开始一个劲地乱挠头发。

“原来如此！原来如此！您刚才不是问凶手如何把这么重的吊钟抬起来吗？我告诉您吧，他运用了力学原理。吊钟的力学……清水先生，您请看。这口吊钟边缘的地面上是不是有个坑？然后，那边是地藏菩萨还是什么神的石底座。它离坑有一尺，不，有一尺五寸左右，刚好在吊钟的旁边。那么……”

耕助指着底座的另一边，继续说道：“您再看那儿。那边的山崖上长着一棵很粗的松树。松树、石底座和吊钟下面挖的坑，三者刚好位于同一条直线上。而且，那棵松树在恰到好处的地方长了一根粗壮的树枝，还是向下生长的。于是，这三者刚好组成了一种能将吊钟一侧抬起的装置。”

清水听得云里雾里，但还是向耕助指的方向看过去，不断点头。

原来，金田一耕助说的是这么回事。

吊钟边缘的地面上被人挖了一个直径约五寸的坑。在离这个坑一尺五寸到二尺远的地方，残留着一个石底座。很久以前，这底座上面有尊地藏菩萨像。但不知从什么时候起，佛像不见了，现在只留下了这个底座。它看上去相当古老，磨损得也非常厉害，不过依然能隐约看出莲花的形状。如果连结吊钟下面的坑和这个底座的直线继续延长，对面就是长在山崖上的粗松树。那棵松树粗壮的树枝一直伸展到离山崖两三尺远的地方。但正如我们在海边经常见到的，树枝也是向下生长的。

“然后……”清水朝耕助回过头来，催促他说下文。

“换句话说，”金田一耕助离开石底座，朝松树走去，“有五倍……五倍左右，坑到底座的距离与底座到松树的距离之比。如果前者是一，后者就是五。这里套用杠杆原理，假设 Q 是吊钟的重量，P 是撑起吊钟所用的力，就能写成下面的方程式：P= Q/5。即 Q 与 P 之比，刚好是坑到底座的距离与底座到松树的距离比例的反比。师父，您知道吊钟有多重吗？”

“这个……”了然皱着胖乎乎的脸，歪头思考，“对了，捐出去的时候应该称过。了泽，你还记得有多重吗？”

“师父，那个时候我还没到寺里来……”了泽在战争期间被征召到了水岛的军需工厂，一直工作到停战。

“师父，我记得好像是四十五贯[①]。嗯，四十五贯的话差不多……”从旁边插嘴的是村长荒木。他一说完，便重新严肃地把嘴角耷拉下来。

吊着一条胳膊的幸庵站在荒木身边，拉着张脸。

“四十五贯？没想到这么轻。四十五贯的五分之一是九贯，那只要用九贯的力，就能把这口吊钟的一侧撑起来了。现在要是有根结实的棒子，可以就地试验给大家看……”

“先生，这根棒子可以吗？”竹藏从脚边拾起一根又粗又长的栎木棒。

金田一耕助吓了一跳，呆呆地看了竹藏片刻，才一把抢过那根木棒，呼吸也变得急促起来。“竹、竹藏，这棒子是从哪儿找来的？”他急不可耐地问。

“啊，刚才就扔在那边的草丛里……原本竖在码头，专门用来系缆绳。不知道是谁拿到了这种地方，我看到就捡了回来。”

“竖在码头的棒子……这么说，想用的话，任何人都能用。而且，

①日本旧度量衡的重量单位，1 贯等于 3.75 千克。

还扔在那边的草丛里……”

金田一耕助迅速转向清水那边。

“清水先生，凶手根本没考虑什么吊钟的力学问题。不管我们能否弄清楚他是怎么把吊钟搬起来的，对于他来说，这根本无所谓。所以，他才毫不在乎地把这根棒子扔在了案发现场附近。”

“金田一先生，那这根棒子……”

“没错，没错。您瞧，这儿有处伤痕，对吧？这是在吊钟边缘磨出来的。而这边的这处，是在石底座那儿磨出来的。事实胜于雄辩，我们来实际证明一下吧。”

近十个人围成半圆站在山崖上。有了然、了泽、村长荒木、医生幸庵、竹藏，以及站在他身边的早苗和胜野。看早苗和胜野的眼神，似乎马上要晕厥过去似的。稍远处站着志保、仪兵卫和美少年鹈饲三人。阳光明媚，海面上吹来的微风温柔地抚摸着众人的脸颊。然而，所有人的眼睛里都是一片晦暗。连平日里丝毫不把人放在眼里的志保也露出胆怯的眼神，不安地频频整理装束。

金田一耕助还是忍不住兴奋起来。他把木棒插入吊钟下面的坑里，棒子前端微微颤抖了一下。插好之后，他把棒子斜靠在右边的石底座上。现在的棒子跟桔槔似的，直挺挺地指向半空中。

金田一耕助环视众人一圈。“谁能帮我压下棒子这一头？竹藏，请你来试试看吧。”

竹藏脸上闪过一丝犹豫的神色，但还是走上前来。

“压这根棒子？”

“对，尽量握住端部，只用一点儿力气就够了。先吊上去试试。”

竹藏往两只手上吐了点儿口水搓了搓，然后抓住棒子的一端吊在上面。这时，以石底座为支点的杠杆这端逐渐沉下来。与此同时，吊钟也稍稍倾斜，插着棒子的一侧抬起了一两寸。

众人不由得发出海浪般的惊呼，不知道是谁起的头，大家吵嚷起来。金田一耕助赶紧站到吊钟前叉开双腿阻拦。

“任何人都不要靠近……请任何人都不要靠近。竹藏，还差一点儿了，再加把劲……对对。”

竹藏满脸通红，使劲往下压杠杆。他的血管涨得跟蚯蚓似的，大汗淋漓。别看他个子矮小，毕竟是在大风大浪中锻炼出来的体质。结实的肌肉渐渐隆起，木棒终于被他压到了肚脐那儿。

“对对，那样就行了。你身后有根伸出来的松枝，对吧？把棒子那端放到松枝下面，小心点，要保证手放开了它也不会弹起来。对对，很好。现在你可以试着把手放开了。”

竹藏照着金田一耕助说的方法，把棒子顶端插到向下生长的松枝下面，调整了一下呼吸，才慢慢地松开了手。松枝猛烈地摇晃了两三下，但没有折断的迹象，最终稳稳地压住了杠杆的外面一端。

多么奇妙的一个组合！吊钟现在大约倾斜了二十度，一侧的边缘距离地面有一尺七或一尺八寸。可以说，这是尝试千次也难得成功一次的事，实现了一种极其危险的平衡状态。

在场的人再次异口同声地发出更加响亮的惊呼，开始议论纷纷，比刚才又嘈杂了许多。这也在所难免。毕竟抬起的吊钟下面露出了色彩鲜艳的友禅染[①]和服。虽然从大家站的位置只能看到膝盖，但这

①日本传统印染技法，因由江户时代画师宫崎友禅开创而得名，以精致典雅著称。

已经足够了。雪枝正端坐在吊钟内。

“哈哈哈哈！”

志保忽然朗声大笑起来。大家被吓了一跳，都疑惑地看向她。她的笑声尖刻而恶毒，持续了好一阵子才停下来。

“竟然上演了道成寺的传说[①]呀。不过，这好像反了吧？鹈饲，在吊钟里面的角色，应该是你来演吧？躲在吊钟里的，肯定是安珍啊，清姬根本没办法进去。可现在……”说到这儿，志保露出恍然大悟的神情，“啊，对了！雪枝的母亲就是个戏子，还最擅长演《道成寺入钟》[②]……听说与三松就是看了这出戏才迷上她的，先是当情人，后来干脆把她娶进门做了填房。看来，这是父母造下的孽报应到了孩子身上啊……而且……”

“志保，闭嘴！”仪兵卫厉声呵斥道。

但志保毫不退缩。“可是、可是，老公，见到这情形怎么可能忍着光看不说呀！这究竟在暗示什么呢？要是想杀雪枝，只杀她就好了。干吗要想出这种怪念头，非得弄成道成寺戏里的样子？嘉右卫门老爷再怎么好风雅，做得也太过分了吧，太过分了，吓死人哟！大家都疯了。没错，没错，大家全都疯了！”

“志保，还不给我闭嘴！”仪兵卫又严厉地大喝一声，“诸位，抱歉，志保的癔症又发作了。这是她的老毛病。别看她嘴上逞强，实际心里怕得很。她从刚才就止不住地哆嗦，到底还是撑不住了。志保，咱们回家！”

---

①传说清姬爱上僧人安珍，安珍无奈躲入道成寺的吊钟内。清姬化为口喷烈焰的大蛇，咬住吊钟顶端龙头，烧死了安珍，后沉海自尽。

②歌舞伎剧目，描写四百年后清姬的魂灵变作舞伎出现在道成寺钟法会上，舞毕跃入钟内化作蛇身。

“不要，不要，人家还要看。人家要看看雪枝是带着什么样的表情死的！”

志保现在看起来的确像癔症发作。她眼睛里闪着异乎寻常的神采，措辞也像女孩在撒娇似的。那使劲跺着脚、拼命想挣开被仪兵卫抓着的手的模样，俨然是个耍赖的小孩。金田一耕助只见过平时擅长卖弄风情的志保，此刻这一幕令他感到诡异得难以形容。他觉得映入眼帘的是肮脏不堪、病态的东西。狱门岛上的人都疯了……他忍不住回想起清水对他说过的这句话。

“志保，你这成何体统！鹈饲，你抓住她那只手。清水，有事的话尽管来找我。我仪兵卫绝不躲藏！鹈饲，你给我抓紧了！她现在跟逼急了的疯狗没两样。真是添乱！”

“不要，不要嘛！人家……鹈饲你个笨蛋，放开！老公，老公……”

志保像小孩似的跺着脚，身上的衣服早已不成样子，头发也凌乱不堪，完全是个疯子的模样。仪兵卫和鹈饲左右两边各抓着她一只手，连拉带拖地把她弄下了山。

“不要，不要嘛！鹈饲你个笨蛋，放开我……老公，老公……”

志保的声音渐渐远去，终于听不见了。大家这才松了口气，彼此对视。

“呵呵。”了然轻轻地笑了笑，“没想到看了一场好戏啊！连仪兵卫都应付不了。”他那口气，如同吐掉什么脏东西一般。

“啊……暂且先别管那个了。”清水生硬地干咳了两声，看着金田一耕助说，“那么是不是可以说，歹人就是用这种方法把吊钟抬起来，而后又从那道缝隙将雪枝塞了进去？”

“嗯，啊？对对……”

陷入沉思的金田一耕助听到清水的问题，慌忙回过神来，回头答应。他本来正在思考刚才志保脱口而出的那番话。

雪枝的母亲是名演员，最擅长演《道成寺入钟》。而且，与三松正是因为这出戏才迷上了她，先让她做情人，后又娶为继室……这件事金田一耕助还是头一次听说。不，不仅是这个，其实耕助到现在为止从来没听说过有关月代、雪枝、花子三姐妹母亲的事。据说那个人很早之前就去世了，因此耕助从来没想过，她居然会跟这次的案件扯上关系。但是，根据志保刚才的说法，月雪花三姐妹的母亲是演员，并且最擅长演《道成寺入钟》，这一事实里或许就隐藏着破解这起疯狂杀人案的关键线索！这件事还是等一下再慢慢思考吧。同一时间不可能思考两件事。

"您说得没、没错。只要这样用松枝把棒子压住，就算不借助他人的力量，也能轻而易举地把吊钟的一侧抬起来。因此，即便凶手是一个人，没有帮凶，依旧能做这种惊险的表演。"

许久，在场的所有人都默不作声，僵立原地，目不转睛地盯着从吊钟下面露出来的艳丽印花和服。此刻阳光灿烂，阵阵微风拂面，令人心旷神怡，但大家都感到现场的情景像地狱图一般漆黑恐怖。

"雪枝……雪枝……是活着、活着……被硬塞进吊钟下面的吗？"

提问的是早苗。想想看，她其实比志保坚强得多。按理说，她承受的打击之大，绝对是志保等人无法相比的。然而，她却没有像志保那样歇斯底里，更没有狂态百出。她只是脸上血色全无，生气似乎即将丧失殆尽，浑身瑟瑟发抖。

"你可以放心。"金田一耕助回过头，用关切的目光注视着早苗，

“雪枝似乎并没有经受被活埋的恐惧。她喉咙附近留下了勒过的痕迹……”

“可是，可是，先生，”看潮人竹藏不解地问，“歹人为什么要把雪枝的尸体塞到吊钟里面？把人杀了就杀了，干吗还要折腾尸体？实在是太残忍了！为什么要做出这么卑鄙的事？”

金田一耕助半晌没说话。一团昏暗的疑云冷冰冰地笼罩在他心头。他摇了摇头，用缺乏抑扬顿挫的音调说：“这我也不知道。凶手为什么把花子吊在梅枝上，为什么把雪枝放到吊钟底下……我还没有搞清楚。如果凶手不是疯子，那这些令人毛骨悚然的做法当中一定隐藏着什么深刻的含义。弄明白这些含义之时，就是破解案件谜团之日。但是，现在我还没弄明白，找不到任何头绪。我只是觉得……凶手绝对是个浑蛋或者疯子！”

金田一耕助说完，挠着头深深地叹了口气。

这时，一大群年轻人分别扛着圆木、滑轮、网等工具爬了上来。

“金田一先生，我可能做了对不起您的事，也可能是中了您设下的大圈套。但、但是，我昨天晚上的确把您关进了拘留所。拘留所的钥匙我一直保管得好好的，片刻也没离过身。所以，我确信您跟昨天晚上的案件没有任何关系。尽管如此，我还是无法完全相信您。我的脑子现在已经乱成一团糨糊了。都怪案件实在太离奇了，另一方面，也有您的责任。您究竟是何方神圣？什么吊钟的力学，您怎么会清楚那种事？还了如指掌般给我们重新演示了凶手的作案过程！您为什么连这个都知道？金田一先生，难道您就是歹人，或者那歹人的同伙？金田一先生，金田一先生，请您一定要在这里给我解释清楚。您要不是歹人，要不是跟这起案件有关系，怎么会……只有解释清楚，我才能相信您说的话，才能稍微安心一些。”

赶到的小伙子们搭起架子，用滑轮把吊钟吊了起来。雪枝的尸体被抬出，幸庵进行了尸检。根据检验结果，幸庵判断雪枝死于昨晚六点到七点之间，死因为绞杀，凶器是布手巾或者类似物品。

随后，雪枝的尸体在竹藏等人的帮助下被抬往本鬼头家，了然、了泽、荒木、幸庵等人也跟随在后。事情忙完之后，清水打发掉其他年轻人，现在天狗鼻上只剩下了他跟金田一耕助两个人。

清水坐到山崖边，不断咬着指甲冥思苦想。因为连续两晚没合眼，他整个人显得十分憔悴。再加上对金田一耕助的身份充满疑惑，更让他那张焦虑的脸看起来可怜兮兮的。耕助把手轻轻搭上清水的肩膀。

“清水先生。”他平静地叫道。

清水呆呆地抬起视线。

“清水先生，请看着我的眼睛。”

清水顺从地看着金田一耕助的眼睛。

“接下来，请再看那口吊钟。”

清水望着那口被滑轮吊起来的吊钟。在总局的人到来之前，他们打算暂时就让它那么吊着。山崖上搭着高高的架子，上面悬挂着吊钟——在不知道发生了这起案件的人眼中，此番景象也非比寻常。清水浑身不由自主地颤抖起来。

“我对着吊钟发誓。花子的死、昨晚雪枝的死，统统与我无关。请你看着我的眼睛。我看起来像是在说谎吗？”

跳入海中的男子

清水一时说不出话来，他眼睛一眨也不眨地注视着金田一耕助的眼睛，过了老半天，才呼地吐出一口气。

“金田一先生，我决定相信您了。看您的眼睛，不像是在说谎……不过，金田一先生，您究竟是谁？您是怎样的一个人？为什么要来这座岛……这座可恶的岛？我想不明白。您干吗要到这么一座阴森恐怖的孤岛上来……啊！”

忽然，清水猛地站起身，离开金田一耕助身边，快步走到山崖边突出的地方，手搭凉棚望向远处的海面。

从附近的真锅岛那边，眼看着出现了一艘汽艇。嘭嘭嘭嘭——嘭嘭嘭嘭——汽艇一面往空中吐着淡淡的水蒸气圈，一面沉稳地破开海面，朝这边驶来。但它并非平时的巡航船白龙号。

看清楚船体轮廓的瞬间，清水胡子拉碴的脸上的愁容一扫而光。他朝金田一耕助回过头来，咧着嘴露出雪白的牙齿笑了，眼睛里闪烁着狡黠的光芒。

“金田一先生，您认识那艘船吗？那可是水上警察局的汽艇。而且，那个老狐狸矶川警部很可能就在上面。哎，就是说认识您的那位……金田一先生，您怕不怕？要不要逃掉？不，就算您想逃，我也不会放您走的。金田一先生，如果您做了什么亏心事，这次终于要遭报应喽！哈哈哈！”

清水痛痛快快地放声大笑起来。

见警察局的汽艇在海湾口停泊，一艘驳船立即从码头迎了上去。岛上的居民也纷纷好奇地涌向码头。

清水和金田一耕助见状赶紧冲下山坡，奔向码头。等待驳船归来期间，清水逐渐丧失了冷静，因为金田一耕助完全是一副从容不迫的样子。

“金田一先生，金田一先生。”清水捻着邋里邋遢的胡子，用不安的眼神斜盯着金田一耕助问，“您和矶川警部究竟是什么关系？他来了也不要紧？”

“嗯，我觉得不要紧。对了，清水先生，矶川警部今天真会来？”

“我猜他应该会来……今天我打电话的时候，听说他还在笠冈呢。啊，那不是矶川警部吗？”

数名警察陆陆续续从汽艇换乘到驳船上，第三个坐进去的似乎就是矶川警部。

“哎呀，果然是矶川警部。他好像也老了不少呢。”金田一耕助感慨万千地自言自语。

矶川警部与他合力侦破那起发生在冈山县农村的“本阵杀人事件”时，还是昭和十二年的秋天。一转眼，都已经过去了九年。本来，矶川绝对可以晋升为警视，可就因为应征上了战场，浪费了好几年的时间，才耽误了晋升，至今仍然是个警部。但停战后他调到了县警本部的刑事科，如今全县上上下下没有不认识这位老狐狸警部的，可谓颇得人心。他这么快便来了狱门岛，是因为他刚好来笠冈调查海盗出没的案子。

“清水先生，他们这是干什么？怎么人人都全副武装？难道平时岛上出了案子，他们来的时候都是那样的打扮？”

“的确很奇怪。首要的一点就是人来得太多了……莫非为了抓您才……”

“哈哈，要抓我的话，清水先生您一个人就绰绰有余啦。如果动手，我可没有任何自信。”

“这个嘛……不好说。”

也难怪清水和金田一耕助皱着眉头，脸上写满疑问，谁让换乘到驳船上的警察们全都戴着头盔打着绑腿，摆出严阵以待的架势。驳船终于离开汽艇，渐渐向码头驶来。矶川警部似乎看到了金田一耕助的身影，晒得黝黑的脸上露出一嘴白牙，笑着一个劲地朝这边挥手。清水见状惊讶地扭头看向金田一耕助。

“金田一先生、金田一先生，刚才警部是在朝您挥手吗？”

警部做出的意外的亲密举动让清水震惊不已。金田一耕助笑眯眯地答道：“啊，呵呵，不要紧，不要紧。谁都会有误解别人的时候。只是，清水先生，昨天晚上的事……喏，就是把我关进拘留所的事，还是别告诉他为好。”

他轻轻拍了拍清水的肩膀，拨开前来围观的岛民，走下栈桥。恰巧就在那时，矶川警部第一个从靠岸的驳船上跳了上来。

“嗨！”

“嗨！”

“你好啊。”

“您看上去也很精神嘛……”

“嗯，还行吧，托你的福……你真是一点儿也没变。”

“哪里。别看这样，我可是没少受罪。警部，您倒是见老了。”

“是吧。九年前还没有白头发呢。”

“说起来，您比九年前可是又发福了不少。威风十足呀！”

“哈哈，威风倒是威风，但十年如一日，我还只是个小小的警部。再看我以前的那些同事，大部分都当上警视了。”

“啊，好了，好了。没办法的事，谁让碰上了战争呢。咱们都不要发牢骚啦。”

“哈哈，说得也是。白活这么大岁数了，一见面净知道发牢骚，真没面子。对了……清水。”

清水刚才一直双眼圆睁，来来回回地看着两个人的表情，被警部这么一叫，才如梦初醒般猛地一哆嗦，然后慌里慌张地咽了咽口水，像军人似的答道：“是！”

“到底是怎么回事？听说已经连续有两个女孩被杀了。”

清水想说点什么，但吞吞吐吐了半天，最后也没说出句像样的话。老实的他发现自己误会了金田一耕助，沮丧得连句话也说不出来了。

金田一耕助见状立刻打圆场：“呃，那件事，我们到那边再慢慢谈吧。对了，警部，这些人怎么回事？怎么全都这副打扮？”

六个巡警的腰上全部配备着手枪，多少有些夸张。除了巡警，还有一位身穿西装的男士，估计是法医。

“啊，你说他们……其实，金田一先生，我们刚好也有案子要办，即使清水不打电话，我们也正准备来这座岛上。说不准，你们这里的案子也是那家伙干的。”

“您说的那家伙是……”金田一耕助吃惊地回头看向警部。

“一个海盗。你应该也听清水说了吧？前天我们在附近海域追缉海盗，可全让他们给逃走了。昨天，我们在宇野逮到了其中一个。据那家伙供述，他的一个同伙跳进海里逃掉了，从跳海地点推测，那人最有可能游到这座岛或者旁边的真锅岛。金田一先生，你有没有听到这方面的传闻？”

金田一耕助忽然愣住了。他感觉胸口一阵狂跳。听到警部这话的刹那，他的脑海里仿佛划过一道闪电，立即想起了那个把千光寺厨房里的三人份米饭吃个精光的不可思议的小偷。

“金田一先生，你想到什么线索了吧？”看到金田一耕助的反应，矶川警部激动地问。

“想起来了！想起来了！金田一先生，那个大胃口小偷……”清水看样子又恢复了活力。

“等、等一下。请两位暂时保持沉默。我、我误解了，犯了个大错误。假如是那样的话……请、请、请让我想一想……”

金田一耕助紧咬牙关，瞪着双眼，拼命挠着头发，陷入了沉思。

啊……原来是这样啊……这样前后就不矛盾了。那家伙先悄悄潜入本鬼头家。然后，他照着早苗前一天的做法，把卷烟从禁闭室偷了出来。对于嗜烟如命的人来说，不抽烟就跟没吃饭一样饿得慌。接下来他便去了千光寺，一边监视山下的路，一边连着抽了五六根烟，过足烟瘾。再后来，他又到厨房里吃光了桶里的饭……

但到这里，金田一耕助的想法猛地撞上了暗礁。假如事情果真如此，那人究竟与案件有什么关联？难道是他到寺里的时候花子还在，所以把她杀了？不对不对，那样时间就对应不上了。金田一耕助觉得，了然回到寺里——不，不光是了然，了泽、竹藏和耕助一起回去的时候，大胃口小偷绝对还在寺里。根据了然当晚的举动，耕助做出了这样的判断。然而另一方面，他推测花子被杀的时间远远早于他们回到寺里的时间。不管那个家伙多大胆，也不至于在犯下那般骇人罪行的现场待那么久……莫非小偷到寺里的时间还要早？还是当晚了然的举动并无深意，怀疑小偷当时还在寺里也只是自己的臆想？没错。如果小偷就是凶手，与他非亲非故的了然根本没有理由包庇……可是……了然肯定知道些什么。他还嘟囔了一句“是疯子，但任何人都无可奈何”。还有，了然当时的举动……可恶，真可恶，任何疑问都找不到答案！无论那家伙是不是凶手，他到底是什么时候到寺里去的……要解决这个问题，必须弄清楚他什么时候去的本鬼头家……知道了这一点，应该会对破案有所帮助。那么，那个家伙究竟是何时到本鬼头家去的呢……

思考到这里，金田一耕助冷不丁地倒吸了一口凉气。那晚给千万太守完灵后，因为花子一直没有露面，阿胜和早苗便起身离席，再次到家中各处寻找。不久，只听里面传来一声尖厉的惨叫……毫无疑问，那是早苗的声音。紧接着，又响起疯子的怒吼声。当时耕助一心以为是疯子发病，早苗才惨叫，没放在心上。现在仔细想想，这事其实挺蹊跷。那个疯子平时很听早苗的话，不管闹得多凶，只要早苗说上一句半句，他立刻就能安静下来。早苗应该也深知这点，就算疯子胡闹，她也不至于发出那样的惨叫。而事实上她却叫了，并且在返回客厅后，脸上还是毫无血色，那双圆圆的眼睛像看到什么东西、遭受了极度惊吓一般，瞪得格外大。那时早苗究竟是被什么吓成那样的？莫非，她在禁闭室附近发现了陌生男人的身影？会不会正好撞见那家伙透过禁闭室的格子门偷卷烟？

可是……

假如情况真是那样，她为什么没有喊人？为什么轻易就放走了那家伙？她不仅把他放走了，回到客厅后对这件事也只字未提。这是为什么？她还故意让大家误认为她发出惨叫是因为疯子，这又是为什么？

另外，就是鞋印的问题。带着蝙蝠状痕迹的鞋印只在回廊下面发现了一个。除了那儿，院子里也有其他潮湿和背阴处，理应也会留下鞋印，但最终只发现了那一个。这难道意味着有人后来把鞋印擦掉了？而唯一的那个，只是因为在回廊下面没被发现……那么，这是早苗干的吗？难道她认识那个男人？那个男人到底是谁……

“警部，警部！”金田一耕助忽然朝矶川警部回过头来，“那个男人……跳到海里去的那个，您知道他究竟是什么人吗？”

“唉……很遗憾，我对他一无所知。而且，在宇野抓到的那个家伙最近才加入他们，也说不太清楚他的底细。据说他叫山田太郎，不过谁知道是不是真名呢。抓到的家伙交代那人三十岁左右，是个身强体壮的年轻人，从晒得黝黑的肤色看，很可能是近期从南洋复员归来的军人。打扮嘛，当然是军装加军鞋，身上还带着手枪和很多子弹。跳海之前，为防止弄湿手枪和子弹，他还专门把这些东西塞进一只皮口袋，绑在了头上。所以说，这是个相当难对付的人物。对了，金田一先生，你是不是怀疑他已经登上了这座岛？”

“是的。而且，我觉得他一定与此次案件有重大关系。说起来，清水先生，要是他潜入此岛，您认为他最有可能藏到什么地方？”

“我想，大概是折钵山吧。”清水已经完全恢复了冷静，“您瞧，折钵山就是千光寺对面的那座山。上面残存着以前海盗的城寨，还有战时建成的防空监视所、高射炮阵地等等，现在整座山简直像个迷宫，到处都是洞。那家伙要是找地方藏身，那儿最合适不过了。说起来，警部……”

说到这儿，清水装模作样地干咳了几声，才继续说下文：“刚才听了您的话，我倒回忆起一条线索。昨天晚上，这岛上有人见过那家伙。在听您提这事之前，我还不相信，不过现在看来，一定就是他。”

“谁、谁见过那家伙？”金田一耕助吃惊地看着清水。

“幸庵医生啊。他说自己不仅见过那家伙，还跟对方打了一架呢。”

“啊，怪不得……我明白了。幸庵医生因此才吊着胳膊呀。”

“是啊。幸庵医生打不过他，被推到山谷里的时候跌断了左胳膊。我起初还以为是医生喝醉了酒摔到悬崖下面，怕说出来不体面才编了个瞎话。原来是那个穷凶极恶的家伙偷偷溜到岛上来了……”

说到这儿，金田一耕助等人刚好走到驻在所门前。大家这才发现，岛上百姓成群地跟在他们身后，简直跟送葬的队伍似的。

耕助转头看向矶川警部。“警部，您这就去看尸体吗？我想先听清水先生说说昨晚案发的经过。”

“啊，这样啊……”矶川警部略歪着头思考片刻，“先不去了，在查看尸体之前，我也先听听案件的大致情况吧。对了，尸体现在在哪里？”

“已经打发人抬回死者家了。喏，就是对面山崖上那座像城堡的人家，那就是本鬼头家的宅子。”

“哎，对，就是你，过来过来！”

警部把一个巡警喊过来。

“你先带法医去验尸。医生，那拜托您了。”

巡警领着跟他们一同前来的法医爬上了通往本鬼头家的山坡。目送两人离去，其他人才陆陆续续走进驻在所。不光京城人爱看热闹，小岛上的百姓也不例外。岛上的男女老少像苍蝇一样，很快聚到了驻在所周围。

正好到了吃午饭的时间，警察们打开随身携带的便当，而金田一耕助毫不客气地接受了清水的款待。清水的妻子阿种似乎凭借女人的敏锐直觉，很快领悟到丈夫误会了，对耕助格外殷勤。耕助觉得很好笑。从早晨到现在，他还没吃过一点儿东西呢。

被遗忘的复员消息

“原来到前天晚上出现第一个受害者，事情经过是这样啊。那么昨天晚上的情况呢？”

金田一耕助一激动起来就口吃，但在冷静的时候，还是很会把握说话技巧的。他简明扼要地叙述了从来到狱门岛直到前天晚上的种种见闻，但特意省去了把他带到这座岛上的千万太的临终遗言。因为他隐约觉得还不到该说的时候，而且若和盘托出，他担心会给岛上的某个人带来意想不到的麻烦。所以，尽管看到警部脸上写满疑问，他也根本不给警部询问的机会，紧接着说：“但是，警部，对于昨天晚上发生的事，我就完全没资格汇报了。实话告诉您，昨晚我真是失策。大概是前天晚上太累了，昨晚我一躺下就睡得不省人事，直到今天早上才知道岛上又出了杀人案。”

“你竟然睡得不省人事？”警部难以置信地瞪大眼睛。

清水实在憋够了，忙不迭地插嘴道：“不、不是的……这件事，都怪我误会了……在解释之前，我想先跟警部您打听一下，这位金田一先生到底是什么人？”

“金田一先生是什么人？我前天晚上没有告诉你吗？”

“是，您跟我说了。听上去像是某起重大案件的嫌疑人……”

“重大案件的嫌疑人?！这位金田一先生？”警部连眼珠子都要瞪出来了，随即捂着肚子大笑起来，“喂喂，清水，你到底在说什么？金田一这个人啊……”

他简单地说明了他跟金田一耕助此前的关系，接着问：“那现在告诉我，你到底对他干什么了？”

“这……我听警部的口气，还以为他是个特大通缉犯……再加上我一回到岛上，就得知出了那种案子……所以我思前想后，为防万一……昨天晚上硬是把他关进了拘留所……”清水真恨不得找个地洞钻进去。

“你把他关进了拘留所？”

“没什么，这可是次很有趣的经历。哈哈。”金田一耕助笑了，转而换上严肃的表情说，“这都怪我们。警部您要是把我的情况说清楚就好了。我也是，清水先生刚开始怀疑时我还觉得好玩，故意说些不着边际的话让他干着急。唉，这也算是自作自受了。但话说回来，我也不好意思大言不惭地直接说我是名侦探。哈哈。”

金田一耕助再次笑起来。

本来矶川警部还苦着一张脸，听到金田一耕助快活的笑声，也跟着笑起来。“哈哈哈，这老实人真是让人吃不消。好了，清水，金田一先生是不会记仇的，你也不用太在意。下面轮到你来讲讲昨晚的命案了。”

“是！”清水又像军人似的应道，接着慌里慌张地用手背擦了擦额头上的汗，语无伦次地说起昨天夜里的情况来。他东一句西一句，毫无头绪。要不是金田一耕助和矶川警部多次追问，反复确认，根本不清楚他究竟想说什么。清水实在是太紧张了。昨晚的事自不必说，现场的听众可是县里鼎鼎有名的老狐狸警部，以及连警部都另眼相看的名侦探！（天哪，这个人居然是名侦探！就这么个头发乱糟糟一脸穷酸相的男人还……清水讲述案情的空当，又瞄了金田一耕助几眼。）难怪老实巴交的清水会晕头转向。

把清水欠缺条理的描述尽量言简意赅地整理出来，大致如下：

一、清水把金田一耕助关进拘留所之后，马上去了本鬼头家。那时本鬼头家除了胜野、早苗和月代、雪枝两姐妹，了然和了泽也在。对，雪枝那时的确活着，还在本鬼头家。清水不仅见到了她，还跟她说过话。清水前往本鬼头家的时候，正好是六点半。

二、七点半左右，幸庵、荒木和竹藏相继到达本鬼头家。过了很久，大家才发现雪枝不见了。胜野和早苗找遍家里的各个角落，还是没看到她。大家立刻不安起来，决定分头去找。那时候大约八点半。

三、人员安排如下：清水和荒木一组，竹藏和了泽一组。幸庵跟上次一样，又喝得烂醉，大家让他留下，他却不听，一个人跌跌撞撞地跑了出去。了然年纪大，昨天晚上那种天气，他风湿的老毛病又犯了，加上如果大家都出去了，那么除了疯子，家里剩下的都是女人，因此请他留了下来，而且关键是那时月代吓得拉着他根本不让他走。

四、大家离开本鬼头家，一起爬到坡顶。那时还没有下雨，但天空一片漆黑。随后，四个人来到通往千光寺的羊肠小道下面。竹藏和了泽要去寺里查看，他们便在那里分了手。清水和荒木沿着路往前直走，来到天狗鼻附近。知道吊钟放在天狗鼻那儿，清水拿出手电筒查看吊钟四周，但确实没看到和服袖子。

“请稍等，那个时候您是走到吊钟旁边查看的吗？”金田一耕助打断清水的话问道。

“哦，我没有走上前查看，只是用手电筒从路这边朝那块岩石照过去的时候，看到了那口吊钟，便从上往下照了一圈，那时候真没见着那截和服袖子。金田一先生，您刚才也在现场看到了，那截袖子是往路这边伸的，如果当时就有，应该能看见才对。可不仅是我，连荒木村长也清楚地记得他没看见。反正不管是谁把尸体塞到了吊钟下面，肯定是在我们走开之后干的，至少这一点我可以肯定。”

“啊，谢谢。请继续往下说。”

五、见天狗鼻那块巨岩上面毫无异状，清水和村长就下了山坡朝分鬼头家走去。这时，雨开始稀稀落落地下起来，风也越来越大，波涛轰鸣。在分鬼头家，他们见到了仪兵卫、志保和鹈饲。仪兵卫和志保跟往常一样，好像正在喝酒。三个人都说不知道雪枝的去向，那天一面也没见过她。鹈饲从千光寺回来之后，更是没再踏出大门一步。

“我们站在分鬼头家的玄关处，你一言我一语地说话时，忽然听到一阵奇怪的声音，好像有人在远处呼喊救命……昨晚刮的是西风，所以听得清清楚楚。我们——我和村长都吓了一跳，赶紧从玄关冲出去。仪兵卫老爷、志保，还有那个叫鹈饲的人也匆匆忙忙趿拉上木屐，跟在我们身后跑了出来。然后，我们五个人跟石像似的屏气凝神，直挺挺地站在风中，这时又听到几声呼救。我说，怎么好像是幸庵的声音啊。大家也都点头同意。幸庵醉得很厉害，我让他留在本鬼头家，但这人生性好奇，肯定又摇摇晃晃地跑出来了。那醉鬼哑着嗓子，我们根本听不清他在喊什么，但从音调上也听得出事情不一般。于是，我和村长急忙从分鬼头家跑出来。大概分鬼头家觉得雪枝的事他们不能袖手旁观，因此也跟上了我们。”

“请、请稍等。那个时候跟在你们身后跑出来的有谁？仪兵卫老爷、志保还有鹈饲都来了吗？”

“嗯，大家全跟着跑了出来。我们在长屋门前站定，又竖着耳朵使劲听，那声音似乎是从羊肠小道下面传来的，我们赶紧朝那边跑去。”

“那么，你们那时候又经过吊钟附近了？”

“当然。不从那儿走的话，到不了羊肠小道那边。”

“经过那儿的时候，您有没有再去看看吊钟？”

“没有，哪里有那个时间啊，我们急着往前赶呢。”

“您刚才说下雨了对吧？那边黑咕隆咚的，不拿手电筒特意去照，根本看不见那口吊钟吧？”

“没错。因为刚查看过吊钟，也没发现什么异样，就没在意，直接经过吊钟旁，朝传出呼救声的方向跑去。”

“啊，请、请、请……再等一下。你们第一次去查看吊钟的时间，您还记得大约是几点吗？”

“这个……我们从本鬼头家出来分头去找雪枝时差不多是八点半。查看吊钟嘛，我估摸着应该在八点四十左右。”

“查看完吊钟，你们接着去了分鬼头家，对吧？在那儿大概耽误了多久？”

“嗯……顶多十分钟。”

“这样看来，从天狗鼻到分鬼头家的距离算两分钟，往返就是四分钟。那么，从你们查看吊钟到第二次经过那里，其间有十四分钟的空当。对了，当时还下着雨吧？雨是什么时候开始下的？刚才您好像说是在你们从天狗鼻下来，去分鬼头家的途中……”

“对，是的。啊，不，还要稍微早一点儿。在我们查看吊钟的时候，雨就稀稀落落地下了，所以我们才匆匆忙忙地下了山。”

“那时雨下得有多大？”

“不怎么大。噢，我想起来了，第二次经过吊钟旁边的时候，雨才突然间哗哗地大了起来。”

“雨大概下到几点？我昨天晚上睡得太熟了，所以……”

“一直到天亮还没停。对了，仪兵卫老爷、志保还有鹈饲三个人跑来说他们发现了那截袖子的时候，雨还淅淅沥沥地下着呢。”

“咦？原来发现袖子的是分鬼头家那三个人？啊，我们还是先按时间顺序把这件事说完吧。那时确实还下着雨，对吧？”

“嗯，还在下。我一接到通知，立刻冒雨朝天狗鼻跑去。”

“金田一先生，”矶川警部一直默不作声地听这两个人谈话，这时他也十分纳闷，忍不住插嘴问，“你好像很在意下雨的事，是不是有什么……”

“是、是啊。警部，的确有个疑问。”金田一耕助跟往常一样挠着鸟窝似的头发，说，“刚才听清水先生说的时候，我忽然注意到了一件奇怪的事，是关于雪枝尸体的。我记得把吊钟吊起来的时候，雪枝的尸体几乎没被淋湿。不用说，露在吊钟外面的袖子当然湿透了，其他的地方却全是干的。由于前天也在下雨，天狗鼻那块巨岩上昨天一整天都是湿的才对。凶手利用杠杆原理将吊钟撑起来时，一定把雪枝的尸体放在了岩石上，所以接触到地面的和服背部湿漉漉的。可其他部分竟然全是干的，无论是和服其他部位还是头发……这究竟是怎么回事？”

矶川警部和清水都诧异地注视着金田一耕助。

沉默了半晌，清水结结巴巴地说：“这……不过……尸体难道……裹了防雨斗篷之类的东西……”

“但尸体的背部湿漉漉的，还沾着泥巴。不管手法多巧妙，要从那么小的缝隙将尸体塞到吊钟里面，肯定得花不少时间。那期间尸体为什么没被弄湿？清水先生，当时雨下得相当大吧？”

清水有气无力地点点头，脸色越发难看。

“我明白了。听您这么一说，确实挺蹊跷的。金田一先生，您对此有什么想法？”

“嗯，我只能想到一种可能性。那就是从清水先生和村长第一次离开吊钟，到前往分鬼头家、第二次经过吊钟的那段时间……刚才也估算过，大约有十四分钟。我觉得，这点儿时间凶手也并非不可能做完所有事。清水先生，那个时候雨下得还不是特别大吧？”

“嗯，只是零零星星地下着……刚才我也说过了，等我们第二次经过吊钟旁边时，雨才开始变大的。但是，金田一先生，假如照您说的，凶手岂不是一直在附近某个地方等着我们查看完吊钟离开？”

“是的，而且还扛着尸体……”金田一耕助脸上阴云密布，不一会儿，他又发出一声无可奈何的叹息，“这里必须注意一点，幸庵医生根据尸检推测的雪枝遇害时间远远早于你们查看吊钟的时间，估计她死于六点到七点间……也就是凶手的作案时间。即便七点左右雪枝才被杀，凶手为什么非得等到八点四十？不仅如此，他为什么不嫌麻烦，甘愿冒风险也要把雪枝的尸体塞进吊钟？”

“哼……”矶川警部也从鼻子深处喷出一口气，充满了无奈，“唉，听你一分析，这案子真是蹊跷得很。不管是第一起，还是第二起，简直都是疯子所为！”

“是啊。警部，这两起案子根本不是正常人干得出来的！啊，很不好意思，打断您了。清水先生，请继续往下讲。”

“好的。哎呀，一下子没注意，忘记讲到哪儿了……噢，刚才说到我们经过吊钟旁的时候，雨哗哗地下了起来，对吧？嗯……那雨下得可大了。我们冒雨朝声音传来的方向跑去，没想到在羊肠小道下面撞见了从寺里下来的了泽和竹藏。他们俩也是听到幸庵医生的喊声吓了一跳，才赶紧跑来的。于是，加上他们两个，我们一共七个人，一起朝声音的方向跑。原来幸庵医生摔到了谷底，正大喊救命。我和竹藏下到谷底扶起他。只见医生耷拉着左胳膊，哇哇地叫，不知道是在哭还是在骂。他这莫名其妙地一嚷嚷，我们都被吓破了胆。”

“这样啊。幸庵医生见到可疑男子就是在那个时候吧？不过在说这个之前，我想先听一下幸庵医生从本鬼头家跑出来的理由。”

“他说是想去爱染桂那儿。”

“爱染桂？”

金田一耕助和矶川警部两人不约而同地瞪大了眼睛看着清水。

“是啊。前一天晚上，阿花不是因为在爱染桂的树洞里发现了那个鹈饲的信，才偷偷溜出家门的吗？幸庵医生记起这件事来，所以他猜想，今天晚上雪枝跑出去会不会也跟爱染桂有关？就这样，他不顾了然和早苗的劝阻，一个人跌跌撞撞地出了本鬼头家。”

“哦。那后来呢？”

“金田一先生是知道的，爱染桂长在半山腰。幸庵医生下到那里，查看爱染桂，结果没发现任何异样，树洞里也没有鹈饲的信。但就在他查看来查看去的时候，忽然听到一阵脚步声，而且听上去是从本鬼头家方向爬上山坡，然后朝这边拐了过来。他当即吃了一惊。”

“请等一下。他确定脚步声是从本鬼头家那边传过来的？”

“嗯，幸庵医生是那么说的。噢，对了，不只是这些，他还说后来又想了想，感觉脚步声似乎是从本鬼头家屋后的栅栏门出来的。我说过，昨晚刮的是西风。本鬼头家位于山谷西边，再小的动静都能听得一清二楚。”

“从本鬼头家后面的栅栏门出来的？”金田一耕助心中大惊，不由自主地从清水脸上移开视线。那一瞬间，他脑海里蓦地闪现出禁闭室里那个疯子的形象。

“对啊。所以幸庵医生才更觉得奇怪。那时候留在本鬼头家的除了了然师父、早苗、胜野和月代，就只有那个疯子了，无论哪一个都根本不可能独自出家门。越来越近的脚步声听上去不像木屐，医生十分纳闷，便从山谷往上爬，悄悄找地方埋伏好。等那家伙走到跟前，他大喊一声。对方好像吓了一大跳，转身就逃。他见果然可疑，立刻拼命追了上去。”

“后来他们就打起来了，对吧？”

“对、对。幸庵医生求救也是在那时候。两个人扭打了一阵子，但毕竟医生也一把年纪了，力气没有对方大。更何况他还喝醉了酒，根本不是那家伙的对手，结果反倒被人家扭着胳膊推到了谷底。左胳膊就是那样摔断的。”

清水说到这里，忽然闭了嘴，盯着金田一耕助和矶川警部。金田一耕助默默地沉浸在思考中，矶川警部也一言不发。三人沉默半天，最终还是耕助平静地开口道：“幸庵医生看到那人的脸了吗？”

“他说没看见。谁让昨天晚上黑得伸手不见五指呢。但打斗时，他感觉那人穿着西服，体格相当不错……他知道的就这些。”

“那人后来逃向了什么方向？”

“啊，这个幸庵医生也不知道，被推下山谷倒没什么，可摔断胳膊疼得他差点昏过去，当然也就没多余的精力看得那么仔细。”

“对了，那个可疑人物莫非当时就背着尸体？”矶川警部插嘴问。

“没有，这个我也考虑过。但听医生说，那人确实没扛着那东西。只是……”

“只是？”

“幸庵医生扑上去死抱住那人的时候，隐约感觉他腋下夹着一个包袱。”

“包袱？”金田一耕助疑惑地皱起眉头。

“嗯，幸庵医生是那么说的……知道这些情况后，我们商量了一下，决定先回本鬼头家。到了一看，了然师父和早苗正一脸担心地在玄关前面等我们。两人都听见了刚才的吵嚷声。把幸庵医生托付给他们之后，我和竹藏又跑了出去。”

“请等一下。那时候分鬼头家的三个人呢？”

“啊，他们也跟着到了本鬼头家，而且很难得地陪到了天亮呢。恐怕是因为浑身淋得跟落汤鸡似的，而且也担心雪枝，又或者另有什么内情。不管他们安的是什么心，反正和大家一起在本鬼头家待到了天亮。”

“噢？”金田一耕助瞪大了眼睛，随即兴奋得咯吱咯吱使劲挠起那乱蓬蓬的头发，“这、这、这么说，昨天晚上，相关人等全聚在了本鬼头家啊。除了本鬼头家的人，了然师父、了泽、荒木村长、幸庵医生、竹藏、清水先生，以及分鬼头家的三个人，大家都到齐了。那直到早上，大家都在本鬼头家？”

“对，大家都待在那儿。不过，刚才也说了，我和竹藏把幸庵医生拜托给了然师父他们后，又跑出去寻找医生所说的可疑人物。但我们很快就放弃计划跑了回来。因为当时天又黑，雨又越下越大，实在没希望。”

“后来，您就在本鬼头家一直待到早上？”

“没错。”

“那之后怎么样？有人离开过座位吗？啊，不对，大家应该离开过座位。有人离开过本鬼头家吗？”

“绝对没有。大家都待在里面那个十叠大的客厅里，当然不时有人去上厕所，但没人离开过本鬼头家。女人们或是准备晚饭，或是沏茶，倒是进进出出许多次，但也没到外面去过。”

“可是……你和竹藏到外面寻找可疑人物时没在本鬼头家……那段时间其他人也都待在那儿吗？”

“我想应该都在。如果有人出去过，我不可能不知道。而且，我们很快就放弃寻找返回了，离开的时间非常短。”

“那么，我顺便再跟您确认一件事。最初，你们分头到外面去找雪枝的时候，本鬼头家只剩下了然师父、早苗、胜野和月代四个人，对吧？他们之中有谁去过外面吗？”

“您放心，没有。这个我也已经确认过了，他们回答得清清楚楚，绝对没人离开过本鬼头家。”

“呀，谢谢。”金田一耕助微笑着看向矶川警部。

“照这样，所有的相关人员都有不在场证明啊。”矶川警部似乎感觉案子越来越棘手了，无奈地耸了耸肩。

没料想，金田一耕助忽然接过话头说：“不，并非如此。这里还有一个人没有明确的不在场证明。”

“还有一个人？谁？”

“关在禁闭室里的那个疯子。清水先生，恐怕只有他远离了你们的注意范围。您不可能自始至终都监视着那个疯子吧？”

“金田一先生，”清水的呼吸立刻急促起来，“您的意思是，那个疯子——”

“不不，我不是那个意思。我只是在考虑所有的可能性。虽说他是个疯子，我们也不应该忽视。”金田一耕助打断了清水的话解释道。

紧接着，仿佛瞬间冰冻的沉默再次笼罩了三个人，沉默里隐含着某种莫可名状的恐怖。

清水的脑海中立刻浮现出从禁闭室逃脱的疯子在漆黑的山路上彷徨的身影。他腋下夹着被勒死的雪枝，雪枝和服的袖子鲜艳夺目，而他如地狱狱卒般面色乌黑，这可怕的色彩对比令人禁不住牙齿打战。疯子的脸上写满了憎恨、凶恶与狡猾。他夹着雪枝的尸体在茫茫黑夜中拼命地奔跑。冷雨凄凄，狂风呼啸，狱门岛陷入一片黑暗……

“啊，屡次打断您的话，很不好意思。请您继续往下讲吧。”

听到金田一耕助的声音，清水猛地清醒过来。他像是要极力摆脱刚才那幅阴暗的地狱画面，使劲抖了抖身体，用力眨了眨眼睛，说：“啊，失礼了。刚才忍不住想了很多……我们就那样坐在本鬼头家深处的客厅里，一直到天明都没合眼。渐渐地，天终于放亮，东方已经开始泛白，分鬼头家的三个人就回去了。噢，对了，那时候还下着雾似的蒙蒙细雨。但不一会儿，离开本鬼头家的那三个人又慌里慌张地跑了回来，而且个个脸色大变，说看到吊钟下面露着一截女孩和服的袖子！我们吓了一大跳，赶紧朝天狗鼻跑去……这些就是我从昨天晚上到今天早晨经历的所有事情……”

清水说到这儿，如鲸鱼喷水般长长地舒了一口气，仿佛要把从昨天晚上起积压在心底的梦魇一下子吐出来。

“嗯。会不会是分鬼头家的三个人把尸体塞到吊钟下面，然后又返回……”

“这恐怕不可能。从他们离开到返回，时间非常短。他们根本不可能有撑起吊钟将尸体塞进去的工夫。而且那时候天已经大亮，再加上天狗鼻那儿无论是从海面上还是从海湾内都看得一清二楚。渔夫们早上都起得可早了。分鬼头家那三个人要是鬼迷心窍做那种事，指不定在哪个步骤就会被人瞧见。所以他们应该不敢。”

听清水这么说，矶川警部无奈地“嗯”了一声。不久，县警本部刑事科派来的第二艘汽艇也到达了狱门岛。这次上面乘坐的，是刑事科委托的木下博士和他的助手，以及负责司法鉴定的相关工作人员。因为尸体需要当场解剖。

“哎呀，辛苦各位了。前田医生从笠冈赶了过来，这会儿正在验尸呢。”

“啊，是吗？太好了。那我们就请前田医生搭把手吧。据说被害人有两名？”

“嗯，还是一对姐妹呢。案件相当恶劣啊。”

矶川警部乘驳船到海湾口接来众人，随即与木下博士攀谈起来。金田一耕助心不在焉地跟在他们身后，听着他们的谈话。接着，一行人向本鬼头家走去。半路上，一直冥思苦想的耕助似乎想到了什么，忽然抬起头来，扭头看向和他并肩而行的清水。

“对了，清水先生，您说过昨天您到本鬼头家的时候刚好是六点半，对不对？”

“是的，没错。到那儿的时候，我随便瞥了眼手表，所以记得清清楚楚。”

“您的手表准吗？”

“我觉得差不多。我每天都跟收音机对时间，即便不准，顶多也就差个一两分钟。您为什么问这个，金田一先生？”

“没什么。那您肯定是刚好六点半到本鬼头家了。您到的时候，本鬼头家开着收音机吗？”

“收音机？”清水双眼圆睁，瞪着金田一耕助，“收音机有什么问题吗？”

“他们家要是开着收音机，一进玄关就能听到。昨天晚上您听到了吗？”

清水略歪着头思考片刻。“没有，没听到。收音机好像没开。”

“后来你们出去找雪枝的时候，是八点半左右，对吧？在此之前有没有人开过收音机？”

清水越听越迷糊了，他紧紧盯着金田一耕助。“没有人开过。您为什么打听这个，金田一先生？”

“您确定吗？”

“嗯，绝对没有。一开收音机，我不就立刻听到了嘛。可是，金田一先生，您问这到底有什么意义？开或者不开收音机……难道跟这起案子有什么关系？”

走在前面的矶川警部也停下来，回头看着金田一耕助，目光里同样写满疑惑。

金田一耕助呆呆地摇了摇头。“假如六点三十五分谁都没有开过收音机，就稍微有点儿说不通了。因为那是播放复员消息的时间，而且早苗迫不及待地盼望哥哥阿一复员，这档节目她一天都没落过。怎么唯独昨天会忘了？还是故意不听？没开收音机……这里面是不是隐含着什么信息？我就是在琢磨这件事。”

不知为何，金田一耕助用忧郁的眼神注视着矶川警部。似乎在看，实际上却没有什么真正映入他的眼帘——就是那样一种茫然若失的眼神。

搜山之夜

最后到达的检察官一行对尸体检视完毕离开的时候，苍茫的茶褐色黄昏正渐渐笼罩狱门岛。在这一带，案件的侦破虽然在形式上依靠检察官的指挥，但实际的调查还是警察们的工作。检察官一行走后，木下博士和前田医生解剖完尸体，也从岛上离开了。

从解剖结果来看，并没有什么特别的新发现，只不过再次确认了凶手杀害花子和雪枝的手段：花子是先被击中头部，昏倒之后再被勒死的；雪枝则是先被用布手巾之类的东西勒死，而后被塞到了吊钟底下。至于行凶的时间，基本上也与幸庵医生推测的一致。雪枝是在前一晚日落后不久被杀的。

检视完毕，本鬼头家因为要办两场葬礼，上上下下顿时忙得晕头转向。按说花子的葬礼应该在今天举行，但考虑到要是连续两天都办葬礼，也会给旁人徒增不少麻烦，于是最终决定等到明天一起安葬花子和雪枝。本鬼头家立即又置办了一口新寝棺，小伙子们也忙着在昨天挖的墓穴旁边再挖一个墓穴。这边流行土葬，墓地就位于千光寺后面的折钵山的半山腰上。

矶川警部尽管大致听完了一遍相关人员的证词，但若说结果，他只能暗暗在心底叫苦不迭，怎么会有如此让人不得要领的疑难案件！唯一的希望只能寄托到幸庵医生邂逅的那个可疑人物身上了。于是，他对医生进行了一番格外详细的询问。然而有关黑暗中沉默的神秘人，医生最终也没能对清水报告的情况补充什么新线索。值得一听的无非是两点，一是那人似乎是从本鬼头家屋后的栅栏门出来的，二是他腋下好像夹着个包袱。

此外，矶川警部还郑重其事地询问了本鬼头家的早苗和胜野，但她们都说没想到任何线索。金田一耕助猜测或许有人趁她们没留意的时候潜入本鬼头家，偷走了什么东西。然而早苗否认了这种可能，说没发现少什么特别的物件。至于胆小怯懦的胜野，光知道抽抽搭搭，哪里还有精神顾及家里丢没丢一两个包袱。金田一耕助一开始就没对她抱希望。

“金田一先生，照这样来看只能进行全岛大搜索了。搞不好，逃到岛上的那个海盗就是昨天晚上幸庵医生撞见的人，杀害两姐妹的或许也是那家伙。说不定是因为那两姐妹无意中发现了他在岛上的藏身之处，才被灭口的……”

“警部，我也同意凶手有可能是那个家伙。但说到杀人动机，我不认为会那么简单。无论凶手是不是他，这里面肯定有更骇人、更深刻的动机。噢，对了警部，您今晚是住在这里，还是回去？”

“如果可以，我想在这边住下来。需要处理的不单是这起案子，还有海盗的事。而且我也想再去查看现场……谁让大伙儿从全县各地辛苦赶过来，事情却还丝毫不见进展呢。”

“说得是，住在这里比较方便。况且这所宅子这么大，住上十个八个应该没问题，刑警们肯定全都能住过来。我看从今晚开始，我也有必要住到这边来。我先去跟早苗商量一下。”

“啊，要是能住下来最好不过了……”

早苗当然没有异议，更别提因两个妹妹的横死恐惧到极点的月代，以及胆小懦弱的胜野。她们一听说警察要住在家里，立即舒展愁眉，月代甚至高兴得像个小孩般满地打滚。

“哎呀，这么说大家都要住在我家了啊。真开心！我最喜欢热闹，最讨厌死气沉沉的啦。”

“月代，你可不要高兴过了头，一不小心又跑到外面去了哟。”看到月代笑嘻嘻的，金田一耕助谨慎地提醒她。

“我才不会出去呢。雪枝和阿花都是傻瓜，天黑了还在外面瞎逛。”

“真的不出去吗？即便鹈饲先生送信来……”

“讨厌啦，金田一先生。”月代用长长的和服袖子打着金田一耕助，撒娇说，“才不出去呢，才不出去呢。不管谁说什么，我都不出去。我爱惜自己的生命。”

月代蠢归蠢，倒也隐约意识到自己很可能就是下一个目标，这让人不禁心生怜悯。

“是吗？那就好。只要别到外面乱走就没问题。最近这一段时间，不管任何人跟你说什么，都绝对不要出去哟。”

“嗯，我不会出去啦。我还要去祈祷早日杀死凶手呢。”

“祈祷早日杀死凶手？”

金田一耕助吃惊地注视着月代，而月代一脸平静，瞪着失去往日光彩的眼睛说：“嗯，对啊。平时要是有什么担心的事或者不顺心的事，我都会去祈祷。我的祈祷很灵验哦，对我干过坏事的家伙，全都会受到惩罚。”

金田一耕助用不解的眼神望向早苗。早苗微笑着补充道：“您瞧，院子那边有栋白圆木造的房子，那是祈祷所。月代一遇到不如意的事，就把自己关到那里祈祷。岛上的人都说月代的祈祷很灵呢。”

“我没说谎吧？连早苗都这样说。我今晚就去使劲儿祈祷，一定会让坏人遭报应的。”月代得意扬扬地说。

金田一耕助记起来，这个祈祷所了然曾指给他看过。祈祷所位于院子深处地势略高的地方，跟与三松的禁闭室相对。耕助曾非常诧异，这种人家怎么会有祈祷所？他连做梦都没想到，月代竟然是岛上的祈祷名人！

金田一耕助想多问一些这方面的事，这时矶川警部看了眼手表说："金田一先生，我想再去看看现场，再这么磨磨蹭蹭的，太阳就要落山了。我们还是马上出发吧。"

让他这么一打断，耕助只好把想说的话咽回肚里。就因为此时没再追问，他后来懊悔万分……

听了警部的话，耕助也看了看表。刚好六点四十。他疑惑地盯着早苗。但早苗似乎没注意，怔怔地在思考什么。她今晚也忘了收听复员消息……

踏出本鬼头家大门，四周已渐渐昏暗下来。太阳一下山，岛上的空气陡然变得凉飕飕的。金田一耕助不由得耸了耸肩。

"我们是去千光寺看看，还是……"

"不，到天狗鼻去吧。"

吊钟还悬挂在雪枝被杀的那块巨岩上面。两名刑警正仔细查看附近的草丛。秋意正浓，一丛丛楚楚可怜的胡枝子沿着岩石的缝隙，织出一条淡红色的丝锦。

"发现什么没有？"

"还没有……"

"其他人呢？"

"他们去搜山了，还没回来。"

其他刑警在清水和岛上年轻人的引导下，到折钵山去搜索海盗了。

矶川警部抬头仰望着悬挂的吊钟问："这么看来，吊钟就是扣在正下方。金田一先生，清水和村长第一次经过这儿的时候，凶手会不会藏在吊钟的另一边？”

“确实不是没有这种可能。清水先生和村长从旁边的路上经过时，只是用手电筒照了照，并没有跑到跟前查看。但从吊钟现在悬挂的位置您也应该看得出来，吊钟当时可几乎是紧贴着悬崖边放的，中间连一尺的距离都没有。凶手一个人的话还说得过去，假如再扛着雪枝的尸体……就难说喽。”

两个人站到岩石边往下一看，岩石往外突出了一截。他们趴到地上，向下张望。只见下方大约五米半远的位置延伸出一条下坡路。除此以外，就是如刀砍斧削过的十几丈陡崖。就算从下方的那条路上沿着山崖爬上来也绝对不可能。在陡崖底部，不知道是潮水冲来的还是风刮来的，海草、垃圾等积了一大片，随着海浪来来回回地晃荡。

“应该办不到吧。除非他跟壁虎似的，否则根本不可能攀到这山崖上。”

两个人拍了拍膝盖上的土，从岩石上站起身。就在这时，山坡那边忽然传来骂骂咧咧的声音和杂乱的脚步声。他们俩都吓了一跳，转头看去，只见从坡上连滚带爬地下来一群扛着锄头和铁锹的年轻人。是到本鬼头家的墓地去挖墓穴的那批人。

“啊，警部先生，现身了！现身了！”一看到矶川警部的身影，小伙子们异口同声地大喊。

“现身了？什么现身了？”警部也紧张得呼吸急促起来。

“一个可疑人物，整张脸都是胡子……”

“还穿着军装……”

“眼神可吓人啦，跟刀子似的！”

“找到了？人在哪儿？”

“就在本鬼头家墓地的后面……”

“那后面不是山吗？”

“我们正在那儿挖墓穴，听到山崖上面传来沙沙的响声，就那么随便回头一看……”

“只见草丛里有个奇怪的人在盯着我们，那眼神太恐怖了……”

“他绝对不是岛上的人，我们都从没见过。一定是那个逃到岛上来的通缉犯。”

兴奋的小伙子们你一言我一语，唾沫横飞地描述着。

“那你们怎么没想着逮住他？”

被一个刑警一训斥，他们立即闭上了嘴。

“警察老爷，我们不是听说那家伙身上带着枪嘛……”

“谁让当时我们一问‘什么人’，他就要动手似的。”

“所以你们统统逃到这儿来了？岛上的百姓干的不就是‘船板底下是地狱’的危险行当吗？难道就这胆量？”另一个刑警嘲笑道。

“您要那么讲，我们也无话可说……总之都是因为事情太过突然……喂，是谁第一个逃跑的？”

“反正不是我。是阿源那小子吧！阿源第一个跑的，才害得大伙儿也稀里糊涂地跟着他跑了。”

“胡说！是你哇哇大叫着先逃跑的……”

小伙子们正喋喋不休地互相指责，山坡上又传来一阵乱哄哄的脚步声。紧接着，清水和那些去搜山的刑警快步走了下来。

“啊，你们在这儿！刚才吵吵嚷嚷的怎么回事？”

“清水，那个可疑人物现身了！我们正在向警部先生报告呢。”

“清水，你们那边怎么样？”矶川警部从旁边插嘴问。

“警部，您说得没错，的确有人潜到岛上来了。海盗的城寨里有点火的痕迹，而且，我们还发现了这块包袱皮……”

清水递过来的包袱皮已经被雨水淋湿，弄得脏兮兮的，但看上去并非风吹雨淋过很长时间。打开一看，浅黄色的底子上印着一张白色的鬼面，鬼面上则印着个白色的“本”字。

“这图案是……”

“本鬼头家的家徽啊。分鬼头家的也是张鬼面，不过上面写的是‘分’字。”

矶川警部看向金田一耕助。

“如此看来，幸庵医生果然没说谎。这家伙昨天晚上肯定偷偷潜入本鬼头家，用这块包袱皮偷了不少东西出来。”

“是吗，或许吧。”

金田一耕助的回答听上去不太起劲。警部用探询的目光注视着他问：“或许？事情不是明摆着嘛！眼下拿在咱手里的这块包袱皮就是证据……”

“嗯，没错……但要真是那样，早苗为什么没发现？”

“哎呀，你这就是多心了。那么大一所宅子，偷走一两块包袱皮——啊，不对，即便偷走一包或两包，没发现也不足为奇。何况现在还与平时不同，不是正忙着办葬礼吗？对了，金田一先生，你究竟在考虑什么？”

“没有。”金田一耕助忽然摇摇头说，“我没在考虑什么……不管怎样，警部，既然已经确定岛上混入了一名可疑人员，是不是应该召集岛上的百姓，进行一场大规模的搜山？”

“是啊。”

矶川警部环顾四周，微亮的黄昏已完全让位于黑夜，彼此连面容都难以辨识了。濑户内海也漆黑一片，唯有倏然闪现的金星散发着愈来愈耀眼的光芒。

“到明天恐怕就太迟了。而且今晚刚好月光明亮。搜搜看吧！”

“好。那我们说干就干！”

矶川警部似乎终于下定了决心。

那晚的狱门岛可真是值得一看。从初更到深夜，整座岛上都弥漫着一股庄严紧张的氛围。

矶川警部一行人先回到本鬼头家，匆匆扒拉了几口早苗和胜野尽心尽力做的晚饭。另一方面，那群年轻人回到村里，号召大家参与搜山行动。渔夫们全是些不怕死的血性汉子，一听这消息，立即争先恐后地朝本鬼头家赶来。

八点钟左右，矶川警部等人整装待发，本鬼头家附近也聚集了几十名渔夫。他们人人手持火把或灯笼，还带着合手的武器。本来没什么大不了的，但看大家的架势，简直像要发动农民起义。

趁着矶川警部把这些人分成几组、分别指派任务的工夫，金田一耕助叫住早苗，在宅子深处的客厅问了她一些问题。

“早苗，你当真不知道这块包袱皮被人偷走了吗？”

“我……不知道……怎么了？”

早苗严厉地盯着耕助，似乎想看透他心中的所有想法。耕助感觉得出，她正用坚强的意志力努力维持表面的平静，但内心深处定有感情洪流在激荡奔腾。早苗死死盯着耕助，试图让他移开视线，但过了许久，她终于逐渐流露出踌躇之色，垂下眼帘。

“早苗，”耕助的声音有些颤抖，“今晚大家要一起搜山了啊。”

“……”

“去那么多人，不管是谁，绝对不可能顺利逃脱，肯定会被逮住。早苗，即便这样你也不在乎吗？”

早苗诧异地抬起脸，用可怕得甚至带有些许杀气的眼神瞪着金田一耕助。“金田一先生！您这话是什么意思？”

“难道你不明白？”

“不明白，我听不懂。您说话跟打哑谜似的……我……我怎么会——”

刚说到这儿，看潮人竹藏慌张地跑了进来，早苗的话也戛然而止。原来是矶川警部让竹藏来叫金田一耕助。

“好，我这就过去。啊，等一下，竹藏。”

“您有什么吩咐？”

“月代到哪儿去了？怎么好像没见着她……”

“哎呀，我不是在这里嘛。”

月代哈哈大笑着，吧嗒吧嗒地跑了过来。一见她的模样，金田一耕助瞬间呆住了。

月代打扮得跟个跳白拍子[①]的舞女似的，上身穿白色熟丝质地礼服，下身着红色长裙裤，头戴高高的金色乌帽子，手上还拿着金色铃铛。

金田一耕助瞪着眼睛问：“月代，你怎么穿成这样？”

“哎呀，金田一先生，您忘了吗？我现在要去祈祷啊。你们待会

①日本平安时代末期兴起的一种歌舞，演员通常女扮男装，穿武士礼服、戴乌帽子、佩长刀进行表演。

儿不是要去搜山吗？我啊，祈祷你们搜山的时候逮到坏人。一定能逮到的！我的祈祷可是很灵的哟。”

说完，月代又爽朗地笑着，吧嗒吧嗒跑出客厅。金田一耕助惊讶得无话可说，只愣愣地目送她的背影离去。事后回想起来，才发现那是最后一次见到活着的月代。

这时，矶川警部那边又派人来催。

“好，我马上过去。早苗……”

“嗯？”

“月代就拜托你了，请你多留意她……”

脸色苍白的早苗听了顿时吊起眉梢，仿佛在说：“这种事还用得着你交代吗？”

“竹藏，你也去搜山吗？”

“嗯，是的。”

“但我希望你留下来……”

“可是，警部先生派我率领一支队伍……现在这时候，应该改不了了。”

这时，里面猛地传来疯子骇人的怒吼声。早苗一听，忽然记起来。

“不好意思……我先失陪了。伯父听到今晚吵吵嚷嚷的，可能比较激动……”说着，她快步走出房间。

金田一耕助望着她的背影，心底生出一丝无法言说的不安。在竹藏的催促下，他往玄关走去。途中经过那间十叠大的客厅时，他朝里瞥了一眼。了然与了泽正在灵牌前念经。荒木、幸庵以及分鬼头家的仪兵卫、志保，还有美少年鹈饲，都恭恭敬敬地候在一旁。

事情闹得这么大，就是分鬼头家也不能装聋作哑。

看到金田一耕助，荒木镇定自若地问：“啊，金田一先生，您也一同去搜山吗？”

“嗯，我也去。”

“那辛苦了。我也应该去的，只是今晚得守灵。等守灵结束，我马上就去找你们。”

僧磬的声音缓缓震荡着室内的空气。了然始终没回头。

来到玄关一看，大队人马已经出发了。只剩下分别由竹藏和矶川警部率领的队伍，两边各六七个人。

“金田一先生，那我们出发吧。”

“别，请稍等。我希望这里能留下三四个人。”

“为什么？”

“为什么？藏在山里的人被我们这么一轰，说不定什么时候会逃到这里来。为防万一，我希望能留下三四个人，监视宅子周围。”

金田一耕助的话完全在理，矶川警部当然没有异议，分别从两支队伍中各选出两个人，负责本鬼头家的警卫工作。

“好了，那我们出发吧。”

手表显示正好是八点半。走到外面一看，繁星满天。农历初十的月亮悬挂在千光寺后面的山上。一群人越过本鬼头家前面的山坡，快走到山谷深处的那条路时，便看见星星点点的火把正顺着通往千光寺的羊肠小道往上移动。

“警部，那样点着火把，不相当于给对方发信号吗？”

“你只看到了表面。点着火把的那支队伍后面，还有一队没点火把，悄悄行动的。那家伙要想避开点火把的队伍，就很容易撞进不点火把队伍的搜索网里。”

“原来如此。”

金田一耕助和矶川警部带领的队伍与竹藏带领的队伍顺着谷底的路笔直向前，来到天狗鼻，从那里左转，爬上刚才挖墓穴的小伙子们和找到包袱皮的刑警跑下来的山坡。要想从岛的这边登上折钵山，只有这一条路可走。

竹藏带领的队伍负责转移对方的注意力，所以每个人都手持火把，故意边往上爬边大声嚷嚷。金田一耕助等人则与他们保持一百来米远的距离，轻手轻脚地跟在后面。

从天狗鼻再往上，平时很少有人走，不仅道路极为狭窄，山势也骤然变陡。尽管夜空中明月高悬，繁星闪烁，但一个不小心，还是很容易被伸到路上的树根绊倒。

转过一个突出的山角，此前受到遮蔽的视野瞬间开阔起来。从折钵山的山腰到建在山顶的海盗城寨一览无余。

在这片斜坡上，到处可见先头部队那有如鬼火般摇摇晃晃的火把。人们像蚂蚁一样向上攀爬着，远近不时传来乱哄哄的叫喊声。临行前听到的悠扬僧磬声忽然在金田一耕助的脑子里回响起来……一种难以言说的异样心绪袭上他的心头。

屋外搜山，屋内守灵。早苗苍白的面容，月代白拍子舞女似的打扮，禁闭室中疯子野兽般的怒吼，还有鬼头千万太临终前的遗言，刹那间全部浮现在金田一耕助的脑海中。在他眼里，那些火把忽然剧烈地晃动起来，似乎立刻就能让整座岛陷入一片火海。

第五章　小夜圣天

如前所述，狱门岛上所有的村落都聚集在西侧。之所以如此，一方面是出于这座小孤岛历来的习惯——防范海盗来袭，另一方面也与岛上的地形有关。狱门岛除了西侧以外，根本没有可以住人的平地。

折钵山不算高，但除了西侧，其他三面都仿佛从海中跃然而起般巍然耸立。那里既没有适合抛锚的场所，海陆连接部也不存在能够登岸之处。如此一来，只要控制住狱门岛西侧的咽喉要道，一处不漏地仔细搜查，躲进山里的人便无异于瓮中之鳖。

半圆形的月亮挂在折钵山的山肩上，夜空中的繁星颤抖似的眨巴着眼睛，银河拖曳着长长的尾巴，晕染出乳白色的烟雾。在星月之光的辉映下，此刻的狱门岛呈现出一片银色的世界。星星点点的火把如同摇曳的鬼火，逐渐向山顶游移。折钵山顶有昔日海盗的城寨遗迹。小伙子们嘹亮的呐喊声不时响起，回荡在连绵山峰间，犹如滚滚远雷直入耳鼓。

在矶川警部的率领下，金田一耕助与众人一言不发地在山路上摸索前行，走着走着，他忽然发现清公也混进了队伍。

“哎呀，你也在啊！”金田一耕助露出雪白的牙齿，笑着说。

清公缩了缩脖子，笑嘻嘻地回应道：“嘿嘿，谁让这次狩猎的目标是近来难得的大家伙呢，剃头匠阿清我可不想错过这场好戏。不过，先生，这次的事情闹得还真大。”

“嗯，确实挺严重。岛上的人都怎么议论？”

“说什么闲话的都有，但没哪个值得一提。反正动动嘴皮子又不用上税，大家都尽着兴地漫天胡诌哩。话说回来，不光我吓了一跳，岛上的人也都吃惊不小呢！”

“你指什么？”

“还用说吗，当然是因为先生您的事。刚开始，大家都觉得您有嫌疑。在岛上百姓的眼里，您毕竟是个来路不明的流浪汉，遭怀疑也在所难免。那时候，人们都愤愤不已地断言‘金田一耕助那家伙准难脱干系’。”

“哎呀呀，可我为什么要杀阿花和雪枝？”

“自然是想夺取本鬼头家的财产呀。您千万别生气，我只是随便这么一说。现在没人再有这么荒唐的念头了，您就放心吧。说实在的，我真没料到您竟然是堂堂日本第一名侦探……岛上的百姓也大为震惊。所以我就教训他们说：你们这些浑小子，有眼不识泰山吧！别看先生模样不起眼，人家可是地地道道的江户人……”

“啊，过奖过奖。误会消除了就好。但我打算夺取本鬼头家财产一事又从何说起？即便杀掉阿花和雪枝，本鬼头家的财产也不可能到我手里。”

“他们可不这么认为，还瞎扯您算盘打得精着哩。等杀掉月雪花三姐妹，再勾搭上早苗，结为夫妇后就名正言顺地进驻本鬼头家……听听，这编得真是有鼻子有眼。那时候，我又教训他们了：别胡说八道！先生再怎么说也是江户人，才不会拐弯抹角地暗里捣鬼！就算想要钱，那也保准是噼里啪啦拿着枪直接去抢，怎么可能一辈子待在岛上吃软饭……先生，我可是老向着您哪。”

这么向着自己的人，竟然也把自己当成如此危险的人物。想到这儿，金田一耕助感到既好笑又后怕。

“老板，这简直是戏里演的故事嘛，跟古时候的御家骚动[①]没两样。说到底，原来安排我演恶家老啊。”

“您可没吃亏，占了美男子的角色，还有个姨太太朝思暮想。像加贺骚动里的大月内藏之助、黑田骚动里的仓桥十太夫，在戏里那都是标致的美男子啊。”

“老板，”金田一耕助忽然换了口吻，呼吸稍显急促，“岛上的居民都喜欢把戏里的事跟现实联系在一起吗？”

关于这点，之前清水也提到过。眼下，耕助禁不住再次被岛上居民这种脱离现实、分不清戏里戏外的思维方式勾起好奇心来。

“不，也不总是这样。看戏的话，大家倒都挺喜欢的。像已经去世的嘉右卫门老爷就是个戏迷。不知道先生您听没听说过，赞岐的金刀比罗宫那儿有个很老的小戏园，据说是在天保[②]还是嘉永[③]年间丝毫不差地照着大阪的大西芝居建成的，一直留存到了今天。它不仅

---

①日本江户时代大名家中发生的内部纷争，多由继承问题及家臣夺权引起。下文所说的加贺骚动、黑田骚动与伊达骚动被并称为日本三大御家骚动。

②日本仁孝天皇在位期间使用的年号，时间为 1830 年到 1844 年。

③日本孝明天皇在位期间使用的年号，时间为 1848 年到 1854 年。

是日本最小的戏园，而且保留了许多历史悠久的传统表演方式，所以相当多上方[①]等地的戏子都去那儿表演。嘉右卫门老爷很喜欢那个戏园，只要有好戏上演，他就会命人驾着八支橹的快船送他去看。那是何等的排场啊，一口气包下整个场子，招待手下的所有渔民。连我这种人也受到不少关照，他总是'清公清公'地喊我，让我陪他一起去。唉，现在想想，那时候简直跟做梦似的。以后恐怕再也不会有那样的鼎盛时期了。”

“原来是这样，怪不得你向着本鬼头家。看来你很会讨嘉右卫门老爷的欢心啊。”

“没有。我也喜欢杂俳。杂俳，您知道吗？杂俳虽然有很多种，但我最喜欢冠句。[②]年轻的时候我非常热衷，结交了一群志趣相投的朋友，还请太田久佐太郎先生出过题目。因为要说冠句，毕竟属太田久先生最厉害。在中国地区，杂俳可流行呢。曾经有一段时期，光是专门介绍冠句的杂志就出了十几种。尽管平时都简称杂俳，可我作的并非川柳风格的诙谐句子，而是相当幽静雅致的，所以写好了基本跟发句没什么区别。以前我顶好的作品也……哎呀，这种事不说也罢。总而言之，嘉右卫门老爷这个人啊，俨然是太阁大人，但凡玩的什么都喜欢。他也作发句，但相比而言喜欢杂俳更多一些，自己还取了个雅号'极门'……”

金田一耕助听到这儿恍然大悟。自己上次千辛万苦辨读的屏风彩纸上那些蚯蚓般歪歪扭扭的字，原来是已故嘉右卫门老爷的

---

①指今日本以京都、大阪为中心的地区。

②杂俳即杂体俳偕。冠句为杂俳的一种，以出题人提出的上五字为题，接以中间七字和下五字。

笔迹！

"'极门'这个称呼模仿了'狱门岛'的名称。他自认是狱门岛的主人嘛……他经常组织俳谐聚会，还说这种场合离了清公压不住阵脚。因为不管怎么说，我也正儿八经地到过杂俳发源地，就充充行家了。总而言之，嘉右卫门老爷在很多方面都对我照顾不少。"

"哦，嘉右卫门老爷竟是这样一个人。正是因为他那么喜欢看戏，与三松老爷才迎娶女演员做了填房吧？"

金田一耕助提出了这个一直憋在心里的疑问。其实早晨上演那一出之后，他就对月雪花三姐妹的母亲产生了浓厚的兴趣，迫不及待地想找个人打听详情。然而只要是探听消息，直入主题地询问肯定收效甚微。尤其现在耕助的真实身份已尽人皆知，无论他提任何问题，都可能提高对方的戒心，未必能套出实话。所以，为了尽量顺其自然地引出这个话题，他耐着性子等到了现在的时机。理发店老板清公果然立刻上了钩。

"事情并非那么简单……的确因为嘉右卫门老爷爱看戏，才出了这种事不假，但小夜……啊，小夜是那个女人的名字，艺名叫什么不清楚。传说，知道与三松老爷对那个小夜下了手，还发展成情人，嘉右卫门老爷大发雷霆，强烈反对。"

"你认识小夜吗？"

"嗯，我来这座岛上的时候她还活着，但不到半年就死了，不算很熟。关于她的风言风语倒是听了不少。"

"据说小夜很擅长演《道成寺入钟》，与三松老爷也是因为这出戏才迷上她，收她做了填房？"

“没错，除了《道成寺入钟》，小夜还擅长演狐忠信、葛叶……[1]反正拿手的都是些变换角色剧[2]。嘉右卫门老爷听说她是中国地区的人，带着个戏班四处流浪，便整个包下来，请他们到岛上来表演。他命人在本鬼头家的院子里搭起戏台，小夜他们就在那上面演了《道成寺入钟》。然而，这出戏也让与三松老爷迷上了小夜，不久两人便勾搭到了一块儿。嘉右卫门老爷发怒也无济于事。您想啊，那会儿与三松老爷的前任夫人，也就是千万太的母亲刚刚去世，房中冷清，正寂寞难耐呢。有个漂亮女戏子说上句好话，那他不得流着口水，馋猫见了鱼似的扑上去啊？明摆着的事嘛。嘉右卫门老爷一世英明，唯独这件事失算了。”

“可是，嘉右卫门老爷为什么要反对？”

“先生，这还用得着解释吗？那边是个来历不明的女戏子，这边可是岛上首屈一指的大船东啊。更何况岛上的百姓历来有个规矩，即便熟知对方的身份，也绝不与外地人结婚。”

“那这个叫小夜的女人没少遭罪吧？毕竟得罪的是太阁大人。”

“嗯。要是个成了嘉右卫门老爷的眼中钉，便知道畏首畏尾的本分女人倒也罢了，可她偏偏不是盏省油的灯。因为她没少给与三松老爷吹枕边风，事情愈演愈烈，本来能圆满解决的到头来也弄得不可收拾。与三松老爷是个痴情种，对女人向来言听计从。所以后来住在同一屋檐下，但凡起个什么争执，父子俩之间可免不了骨肉相残。有一段时间，甚至风传与三松老爷把嘉右卫门老爷监禁了起来，逼迫他退位呢。那时候，堂堂嘉右卫门老爷都被那狐狸精的嚣张气

①狐忠信、葛叶分别为歌舞伎剧目《义经千本樱》和《葛叶》中的人物，均为狐狸化身。
②日本歌舞伎舞蹈的一个系统，演员在同一剧目中迅速换装，连续扮演多个角色。

焰压制住，整个人眼看着苍老了许多。”

“哦？看来这女人也不是个简单人物。”

“是啊。但假如她没做到那种地步，现在本鬼头家就是与三松老爷的地盘，她也能当上船东夫人作威作福了。”

“做到那种地步？什么意思？”

“祈祷啊。”

“祈祷？”

金田一耕助闻言，当即双目圆睁，胸中猛然一阵轰鸣。刚才月代的那身打扮闪电般蹿过他的脑海。

“没错。先生您也知道吧？在本鬼头家的院子深处有座古怪的建筑。听说那是与三松老爷专门给他老婆盖的。那个叫小夜的女人不知道打哪儿学来的，竟会加持祈祷。我到岛上来的时候，她已经病恹恹的作不了法了，但听说她曾有一段时间气势相当了得，打扮得简直跟静御前或佛御前似的[①]，一边摇着铃铛焚着香，一边念念有词地祷告：生驹之圣天、河内之圣天，恳请降临此处！在下乃某岁寅年生女子……”

金田一耕助忍不住笑起来。

“什么乱七八糟的……”

“乱七八糟？”

“圣天可是佛祖的亲戚啊，照你刚才说的，小夜岂不是巫女？”

回想临行前见到的月代的打扮，同样比起尼姑更像巫女。

“哪顾得上计较这种事啊。加持也好，祈祷也罢，总归尽量装装

①静御前、佛御前均为平安时代末期著名的白拍子舞女。

样子，大家才更容易信服。谁知道小夜在哪儿学来的，要我说，十有八九是她在当戏子四处流浪的时候学的。她还声称祈祷的时候自己就变成了圣天哩。不过，她倒挺灵的。啊，是大家都说她很灵。肚子疼啦、长脓包啦，尤其是很多年轻人，得了怪病都喜欢来找她，请她祈求神灵。小夜便念着‘生驹之圣天、河内之圣天，恳请降临此处！在下乃某岁寅年生女子’之类的话作法，然后给病人喝一种怪水。不可思议的是，听说病人都痊愈了！这样一来，与三松老爷自不必说，岛上信她的人也越来越多，到后来，连其他岛上也有人慕名而来，请她作法，盛极一时。这怎么行？对小夜来说，这可是埋下了引火上身的伏笔。”

“咦？这是为什么？信徒日众、声名远播不好吗？”

“看上去是那么回事。可小夜太张狂，也没提前跟千光寺的了然师父打招呼。”

“啊，原来如此。”

“了然师父可不觉得有意思。因为那些从前跑到寺里卜凶问吉的人，不知不觉间都成了小夜圣天的信徒。但师父宽宏大量，起初只是苦笑，睁一只眼闭一只眼。而小夜却趁着势头愈发嚣张，得寸进尺，最后竟然还自称什么混账教派的教祖，把佛教和神道的理论掺和到一块儿，七拼八凑地弄出个教义来，更加不把千光寺放在眼里。唉，张狂到那地步，终究连了然师父也忍无可忍了。他虽然豁达，可这种人一旦真动怒，后果绝对不堪设想。师父毅然下定决心铲除小夜圣天教，这下子可有好戏看了。”

“真有趣，老板，你很会讲故事嘛！”

“别给我戴高帽啦。总之，就是这么着，小夜与了然师父为敌，才招致身败名裂。别看信徒被拉拢过去不少，佛教毕竟历史悠久，寺院的势力也不是一朝一夕就会瓦解的。小夜好像没能看透这一点。再聪明也是女人见识，难怪她浑然不觉。此前嘉右卫门老爷和与三松老爷起争执，了然师父都采取了中立的态度，但自打下定决心，便果断站到了嘉右卫门老爷这边。就是说，两人结为了盟友。这样一来，不管小夜多有能耐，也根本毫无胜算。到岛上来，要是敢顶撞寺院和船东，那就得完蛋。终于，小夜圣天教那边颓势日显，她本人也越来越焦躁不安，开始满嘴胡言乱语，说什么海啸马上要来临，将吞没整座狱门岛，折钵山会一劈为二，老天会降火雨……岛上的百姓再怎么愚钝，听着这话也很不高兴，渐渐都不再去她那儿了。听说最后她又宣称，如果不重塑心性，任何祈祷都不会有效，拿着炽热的火钳直接就往信徒脸上烫，闹得沸沸扬扬，于是大家都认为她脑子出问题了。这正好遂了嘉右卫门老爷的意，他在家里建起一间禁闭室，把小夜关了起来。至此，小夜圣天以完败告终！”

“哦？那与三松老爷呢？”

“与三松老爷啊，在嘉右卫门老爷眼里根本算不上什么。原本他就不是个会顶撞嘉右卫门老爷的人，都是因为碰上小夜那个军师，才做出那些事情来。军师一被关进禁闭室，与三松老爷无异于没了翅膀的鸟、被拔了牙的野兽，哪斗得过他爹！听说他当时还偷偷把小夜放了出来，暗地里搞了些恶作剧。尽管如此，没过多久小夜就发疯死了。大概是心灰意冷了，后来隔了不长时间，与三松老爷也精神失常，这回轮到他自己被关进了禁闭室。唉，本鬼头家都是因为跟这种不可靠的女人扯上关系，才厄运连连啊。”

“你指的是那个叫小夜的女人生下三姐妹的事吧？”

“是呀，是呀。那女人竟然生了孩子，大家都觉得很不可思议。传闻像小夜那样四处流浪的女戏子，光靠卖艺是混不下去的，陪人睡觉肯定是家常便饭，所以她这么能生，着实让众人大吃一惊。可把孩子生下来，究竟算是幸运还是不幸？您瞧瞧那三个女孩的德行，自然就清楚了。但是，据说那小夜可是个货真价实的大美人。尽管心狠手辣这点该受责难，但她鼻梁高高的，眼睛大大的，势力鼎盛的时候绝对称得上国色天香。只可惜我没见着她那时的模样。等我来岛上那会儿，她已经被关进禁闭室了。唯独那回，她偷偷从牢里溜出来瞎闹，让我瞧见了。但那时的她已经丝毫看不出昔日的风采了，简直跟个老妖婆似的。”

“哎呀，谢谢你告诉我这些。真有意思。”

金田一耕助表示感谢。就在这时，周遭的山头猛然一震，传来一声枪响，接着是第二声、第三声……哇哇的呐喊声瞬间响彻整个山谷。

海盗的城寨

“喂，金田一先生，好像发现目标了！”

“嗯，我们去看看吧。希望不要有人员伤亡。”

不知不觉间，矶川警部一行已经爬到了折钵山约八合目处，眼见海盗的城寨呈现在头顶。大家在月光照耀的山中小道上气喘吁吁地往前赶，不时被脚下的树根或石子绊个趔趄。

“老爷，您留神。这一带起就是防空监视所和高射炮阵地了，地上全是壕沟。”有人在矶川警部背后上气不接下气地提醒道。

果然从这里开始，山坡突然缓下来，前面现出一块略微倾斜的台地，上面到处是嶙峋的岩石和高瘦的松树。战时，士兵们利用这个特点在地上挖出蜘蛛网般的壕沟。这些壕沟有的暴露在外，有的被弄成了地道，覆着掩盖物。

“可不是嘛，这玩意儿还真复杂！人如果藏到里头，要找出来得费不少功夫！”

“响枪的位置还要再往上一点儿。”

“怎么回事？一下子鸦雀无声了。”

“我们还是先上去看看再说吧。当心点儿，对方手里可有枪。”

大家轻手轻脚地继续往上爬，忽然从一大块岩石的后面蹿出几个人来。

“什么人？”

“原来是清水。刚才开枪的是你吧？”

“啊，是警部呀。嗯，对方先开的枪，我才还击的。”

“那人呢？”

“这个，忽然消失了……好像钻进了那边的壕沟。对了，我们刚才还发现了一些奇怪的东西。喂，把东西拿过来。”

听到清水的命令，站在后面的人分别拿出锅、装米的袋子、味噌罐、两三根萝卜、鱼干及一把菜刀，另外还有碗和一双筷子。矶川警部禁不住双目圆睁。

“这些东西……是哪儿来的？”

“对面的壕沟里。”

“啊，你误会了。我在想的是，对方是从什么地方弄来这些东西的。”

“警部，这不是显而易见吗？从本鬼头家呀。”

“可是，本鬼头家再怎么大，丢了这么多东西，也应该不会没人发觉吧？”

“这……当然，他们肯定发现了，瞒着不说表明……啊，有人爬上来了！”

大家不约而同地回头看去。只见有人正顺着金田一耕助等人走过的路朝这边走来，而且只有一个人。

“什么人？”

清水摆好架势，大喝一声。

“啊，清水，是我。我放心不下，就过来看看情况。刚才似乎听到枪响了，坏人抓住了吗？”

来人是荒木。他一如既往地紧抿嘴唇，嘴角耷拉下来，脚步也依旧带着不为外物所动的悠然。

“啊，村长，守灵结束了？”

“结束了。”

“本鬼头家那边……月代没事吧？”

“没事。我出来时，还听到她的祈祷声。幸庵和了泽都说等大家回去了再走。”

“了然师父呢？”

“师父说风湿病发作，刚刚回寺里了，分鬼头家的那几个人也回去了。不过没关系，玄关那儿有小伙子们在守着呢。”

金田一耕助忽然感觉心底涌起一阵不安，有种强烈的不祥预感。

这时，对面又传来砰的一声枪响。紧接着，有人呼痛，还有人嚷着“在那边，在那边”。

“啊，找到了！”

所有人都撒腿朝那边跑去。在呐喊声中，大家包围了海盗的城寨，火把忽左忽右地移动着。

“哪儿？嫌犯逃往什么方向了？”

“啊，老爷，对面。那人沿着山梁跑了。请小心，阿源这小子受伤了。”远处传来回应声。

“受伤了？被枪打中了吗？”

“是的。但只是擦伤，没什么大碍。”

“好，大伙儿都当心点儿！”

海盗的城寨分为两层。抬头一看，有个人正弓着腰沿着上层的山梁狂奔。那道山梁上也尽是嶙峋的岩石和高瘦的松树，嫌犯的身影时隐时现。

“太好了！往那边是死路一条。对面是深谷，我们来个瓮中捉鳖。”

清水一马当先冲向上层山梁。海盗城寨真是位置绝佳，站在山梁上远望，东边的海面尽收眼底。将月光打碎的滚滚波浪犹如灰暗的旧银饰般，自内而外散发着幽光，星星点点的黑色岛屿杂乱无章地散落其上。渔火在夜雾中影影绰绰地闪烁着，恍若梦境。

“太好了！那家伙马上就无路可逃了。”

“清水，危险！别轻易靠近！狗急了也会跳墙。对方可是跟困兽没两样。”

警部的话还没说完，忽然传来砰的一声枪响。紧接着，某处响起子弹弹回的声音。

“啊！”

发出惊叫的是理发店的清公。大家吓了一跳，当即缩起脑袋，趴进灌木丛中，以岩石作掩护。

只见二十几米开外岩石投下的阴影里，一个男人正蹲在地上，持枪瞄向这边。一则在阴影之中，二则有灌木丛遮蔽，大家根本看不清他的身形，更别提长相了。那人左侧就是深谷，从那儿插翅难飞。他进退两难。

“喂！把枪扔掉，乖乖投降吧！”

然而，话音未落，对方像做出回应似的砰地开了一枪，子弹从众人头顶飞过。

“浑蛋！那就别怪我们不客气了！清水，给我打！但尽量给我抓活的！”

清水开了一枪。对方也迅速还击。这时，跑来支援的巡警又连续开了第二枪、第三枪。

正在这时，突如其来的尖锐惨叫划破夜空，那人一个倒栽葱跌进了左侧的山谷。

“完了！”

众人朝山谷里望去。那人时而碰到岩角，时而撞上灌木，像皮球一样滚过来弹过去，落向谷底。山谷那边响起欢呼声。

“我们还是下去看看吧。”

大家找到小路，抓着树根或岩角，倾斜着身子往谷底进发。幸亏山谷这一面正好沐浴着月光，不太危险。

大家终于下到了谷底。虽说是山谷，这里却无流水，裸露的岩石外仍然是岩石，除此以外便是一大片茂盛的灌木丛。

“在哪儿？在哪儿？”

“我估计应该在这边……”

“啊，那边有人！”清公大嚷。

定睛一看，果然在前方二十米左右的灌木丛里站着个黑影，一动不动地凝视脚边。

“什么人？”警部喝道。

那人不回答，依旧冻僵般盯着脚边。

“什么人？”警部再次询问，“再不回答就开枪了！”

听到警部的声音，对方轻轻地摇了摇头。就在这时，金田一耕助一下子从灌木丛里跳了出来。

“啊，警部，别开枪！”金田一耕助飞快地冲向那个人影，裤裙下摆像降落伞一样撑开，“是早苗！”

对方仿佛头晕目眩，晃晃悠悠地抬了两三下脚，却全部踩空，耕助赶紧一把将她抱住。

“你为什么……为什么要到这里来？”

早苗面色苍白地仰望着耕助，睁得大大的眼睛死盯着他，几乎要把他吸进去，但目光空虚呆滞。

“早苗！”金田一耕助凑到她耳边喊道，“早苗，你认识这个人吗？他的确是你哥哥吗？”

金田一耕助把视线移向躺在脚边的男人尸体。早苗整张脸扭曲成一团，眼看就要哭出来。

“不是！他不是我哥哥！”她发出无比沉痛的声音，双手紧紧地捂住脸。

这时，跟在金田一耕助身后赶来检查尸体的矶川警部拍拍膝盖上的尘土，站起身，带着不解的表情咕哝道："真奇怪，哪里都没有枪伤。这人不是被枪打死的。"

耕助闻言，心头一震，条件反射似的抬头看向海盗的城寨。从这儿已经看不到那处岩角了。月亮此刻正高悬头顶。

恰在此时，本鬼头家的宅子里也发生了一起案件。

驹若勇花凋零

夜渐渐深了。宽敞的客厅内，阵阵寒意沁入皮肤。

守灵一结束，分鬼头家的人就回去了。荒木说他担心搜山的情况，离开了本鬼头家。了然称风湿病发作，也返回寺庙。到最后，只剩下留着山羊胡子的幸庵和了泽两人。守灵期间还好，这会儿了泽却感觉自己像被拔光了羽毛的鸡一般，浑身上下冷飕飕的，心底不由自主生出些许不安。

"幸庵医生，幸庵医生，您别再喝了。这样不利于您的伤势复原吧？"

"好了，好了，不要紧。醉了就忘了，疼痛也会忘记，一醉解千愁嘛。别小里小气的，反正又不用掏你的腰包。哈哈。"

"我不是舍不得酒，只是担心您喝那么多会对伤势不好……何况今天晚上又非比寻常。"

"非比寻常……哈哈，这还用得着你说？我心里明白着呢。今天晚上是给雪枝和花子守灵，对不对？我说得没错吧？正因为这样，我才要喝他个一醉方休，替死者祈冥福啊……哈哈。”

“不，不是这回事。我指的不是这个。”

“不是这个？不是这个是哪个？”

“您忘了吗？刚才警部和金田一先生离开之前嘱咐我们的话。‘剩下的事情就拜托你们了。请务必多留意月代。’”

“哈哈，我以为是什么事呢，原来是这个呀。了泽啊，不必你费心。我铭记在心，记得清清楚楚呢。”

“可是，您喝那么多……”

“不碍事，不碍事。用不着你提醒啦。不管喝没喝酒，该完成的任务我保证完成……哈哈。了泽啊，我拜托你，求求你了，去跟胜野说一声，再来一壶……最后一壶，喝完我就再也不喝了。不管谁说什么，到此为止。所以就再来一壶嘛，不，半壶就够了……拜托，求求你了，了泽。”

真是个贪杯之人！本来不喝也就罢了，可一沾酒就没完没了。喝了一杯又一杯，不大会儿工夫，又来一壶，又来半壶，到最后终于烂醉如泥，不省人事，昏睡过去。幸庵向来是不喝到这程度绝不罢休。

“哎呀，幸庵医生，别开玩笑了。您还打算喝？”

“是啊，是啊，我就是还要喝……喂，了泽，别摆那副臭脸，快帮我去厨房跑趟腿！上使驾到！咔！骨碌骨碌……哎呀呀，上使大人远道而来，辛苦辛苦。不知您有何吩咐……胜野殿下，上使之言您且仔细听好。今宵之筵席，天皇陛下对村濑山羊髯之守幸庵殿下赞许有加，现欲赐其美酒一壶，请速速送来……哈哈，哎呀，了泽，你脸色干吗那么吓人呀？啊，我明白了。你肯定想和阿胜联手，把幸庵馋死吧？算了算了，求人不如求己。你小子既然这么吝啬，幸庵还是亲自出马，抱着酒坛子喝个够去……”

幸庵单手撑住榻榻米，哎嗨一声先把屁股抬了起来。他毕竟醉得太厉害，而且左手悬空，重心不稳。刚站起身，腿脚却不听使唤，又咚一声跌倒在地。

“啊哟，好痛呀，好痛！”

了泽叹了口气。“幸庵医生，您这人真不厚道。没喝醉的时候，倒是个大好人……拿您没辙了。我这就去。不过就这一壶，最后一壶了。喝完您要是又要赖，无论如何我也不干了……”

哭闹的孩子和醉鬼是最难对付的。了泽极不情愿地提起酒壶，来到厨房。厨房内，守灵结束后需要清洗的器具堆积如山，胜野一个人转来转去，正在寻找什么。

“伯母，您在找什么？”

“啊，了泽，你看见咪咪了吗？”

咪咪是胜野的爱猫。跟其他未生过孩子的妇人一样，胜野平时都把猫当孩子宠爱。

“咪咪？没见着。是不是到哪儿玩去了？伯母，不好意思，能再给我一壶酒吗？幸庵医生越喝越起劲，真让人头疼。”

“咦？幸庵医生那么喝怎么行啊，一定又要烂醉如泥了。留下他看家根本不顶用嘛。”

“嗯，我也是那么说的。可他根本听不进劝，跟个磨人的孩子似的，实在拿他没办法。再喝完这一壶，一定不让他喝了。您就给他添上吧。”

“摊上这么个酒鬼，真是倒了大霉……”阿胜嘟嘟囔囔地发着牢骚，往酒壶里添酒。

了泽往昏暗的厨房里瞥了两眼。

“伯母，早苗呢？”

“早苗？咦？她没在客厅吗？”

“没有。”

“啊？我一心以为她在客厅呢。那是到里间睡了吧。明知道我这么忙，也不过来搭把手。”

阿胜一边愤愤不平地抱怨，一边故意咔嚓咔嚓地弄出很大动静，清洗着锅碗瓢盆。

了泽顿觉胸口里涌上一阵不安。早苗不是那种不知轻重的女孩，不可能在这样的场合擅自跑到里面睡觉。

“伯母，早苗什么时候不见的？”

“什么时候……对了，师父回去时她到大门口去送……之后就没见着了。我一直以为她在客厅那边呢。了泽，你找早苗有什么事吗？”

早苗不见了，阿胜似乎一点儿也不放在心上。比起早苗，她倒更担心自己的爱猫，喋喋不休地说：“到底去哪儿了呀？最近竟学会夜里乱跑了，真让人头疼。肯定是闻到了公猫的味儿。人也罢猫也罢，都是一个德行。啊，了泽，酒壶灌满了。”

了泽笨手笨脚地提着酒壶返回客厅。只见幸庵早已四仰八叉地躺在榻榻米上，鼾声如雷了。

“喂！幸庵医生，酒壶装满了。喂，幸庵医生，幸庵医生……哎呀，睡得还真香。早知道这样，就别叫着嚷着让我去要酒嘛……”

了泽把酒壶放到一边，端端正正地坐到坐垫上。在这宽敞的客厅内，丝丝寒意越发真切地渗入肌肤。他捏着法衣的袖子，把火盆拉到跟前一看，里面只剩寥寥几点火星，用火钳心不在焉地捅了捅，火光不觉间消失殆尽。

了泽感觉自己干了坏事，心虚地朝附近张望一番。

幸庵依旧呼呼大睡。丁零零的铃声夹杂在他时高时低的鼾声里，断断续续地从远处传来。院子深处的祈祷所里，月代还在祈祷。

了泽感觉那铃声里有种直彻心底的寂寥。好像有什么冰凉的东西落到了脖颈上，他忍不住拢了拢领子。

“幸庵医生，喂，幸庵医生，起来了！睡得这么沉怎么行？喂，幸庵医生，唉，真受不了。”

了泽越来越害怕，坐立不安起来。丁零零……丁零零……铃声听上去无精打采的，依然从院子深处传来。他不由自主地站起身，几乎是被铃声逼出了客厅，来到正面的玄关处。

“哎呀，了泽，怎么了？你脸色看上去很差啊。里面发生什么事了吗？”

奉金田一耕助之命留下来的两三个岛上的年轻人待在长屋门的内侧，边在火盆上叉开腿取暖，边就着咸菜大口大口地喝酒。了泽看到他们，简直像遇见了救星，赶紧快步走过去。

“没，没什么要紧的事……啊，对了，你们有没有看见早苗？”

“早苗？没有啊。早苗怎么了？”

“没什么，就是一直没见着她。”

“了泽，幸庵医生呢？”

“幸庵医生喝醉了，睡着了。”

“哈哈，我早猜着十有八九会那样。了泽，你刚才是不是勾引过早苗啊？”

“啊，可不是，你这家伙说到点子上了。了泽，遭到了无情的拒绝，就跟霜打的茄子似的呀？”

“别开玩笑。”

“哈哈哈，了泽，脸红了哦。这不挺好的嘛，勾引也罢苦口婆心地劝说也罢，你和早苗再怎么说也是青梅竹马一起长大的。我记得可清楚呢。在学校的时候，你就是个爱哭鬼，对吧？成绩倒是不错，可没什么骨气，碰到点事光知道哭。”

“是啊是啊，我们觉得好玩，没少欺负你啊。早苗尽管是个女孩，还真够要强的。只要我们欺负你，她就立刻跑来，每次都是一通连珠炮似的臭骂。她那么袒护你，我有点儿嫉妒，还故意找茬跟她吵过一架，结果腮帮子上被她抓得全是血印子，哎呀，太狼狈了。”

“是啊。说起来，早苗那时候不是还有个外号叫山猫嘛。别看她女大十八变，琢磨琢磨，早苗肯定那时候就对你有意思啦。”

“别胡说！”

“怎么是胡说？那时候你们俩的名字不是还经常被人写到‘爱情伞’[①]下嘛。了泽，你这么畏首畏尾的怎么行！禁止碰女人那都是多少年前的规矩了，如今哪里的和尚不是又喝酒又搂女人的？被拒绝了也没关系，那是女人惯用的小伎俩。要是看到这样就夹起尾巴逃跑，也太窝囊了。”

“是呀是呀。那些嘴上喊着‘讨厌讨厌’的女人，你只管上去抱

①在伞形图案下写上男女二人的名字，表示二人有恋爱关系。

住就行了。越是那样的，干那事的时候才越有滋味呢。赞岐金刀比罗宫那儿我的几个女人也是……”

“又开始瞎扯了。”

“你小子不就是想听我们瞎扯才过来的吗？”

对于岛上的年轻人来说，除了酒和女人，再没有别的话题了。而且，正因为他们聊起这些时口气粗野，毫不隐讳，大胆又露骨，比小说里的描写还过分得多，听的人反而能不为所动，平心静气地听下去。

由着他们畅所欲言，了泽只默默地在一旁当听众，心情竟慢慢地平静下来。这并非因为憧憬他们那种充满爱欲的世界，而是他感觉自己似乎重新触摸到了忘却已久的人世间某种温暖的东西，整颗心也不可思议地变暖和了。

“怎么样，了泽，你也来一杯？”

“不，我不能喝酒。”

“用不着那么正儿八经的！虽说禁止荤酒入山门，但无论哪儿的寺里还不是照样有般若汤[①]。了然师父倒是另当别论。”

“了然师父那儿可行不通，太严格了。他自己上了年纪大概还好，但了泽现在就得清心寡欲，太可怜了。喂，了泽，没关系，来喝一杯。还有啊，你偶尔也来村里走动走动嘛。比起整天在寺里念经，时不时来村里听我们说说玩女人的事可更长见识哟。哈哈。”

到底是了泽，不管众人再怎么劝，最终还是滴酒未沾。尽管没喝，他却醉得厉害，大家的话让他陶醉了，只觉心旷神怡。因此，他

①僧家的隐语，指酒。

虽然为玩忽职守感到愧疚，却也不舍得从他们身边走开，恍恍惚惚地一直坐着没动。不知道正直的他此后又活了多少年，但关于那件事，恐怕他一辈子都没有停止过自责。只因为对交代的任务懈怠了短短几分钟，便铸成了那样的惨剧，这成了他余生无法摆脱的梦魇。

所谓了泽的梦魇，说的是下面这件事。

就在了泽津津有味地听着那几个越说越起劲的年轻人聊着露骨的色情故事时，里面忽然传来一声异乎寻常的女人惨叫。他吓了一大跳，猛地站起身。

“什么声音？”听到惨叫的不仅是了泽。沉浸在色情故事中的年轻人也都放下茶碗，齐刷刷地站了起来。

惨叫仍然没有停止，分不清是哭声还是抱怨，光听到“哇啊哇啊”一连串前后不连贯的声音。

“那……是阿胜的声音吧？”

“对，是阿胜。肯定出什么事了！”

胜野这人有个毛病，大吃一惊或吓得六神无主的时候，双腿马上就会不听使唤，整个人瘫倒。而且不听使唤的不单单是双腿，还有舌头根。遇到点事，阿胜光知道哇哇大哭，老弄得旁人不明就里。不，或许她本人心里也明白，只怪舌头不听使唤，才无法把想表达的内容变成话说出来。

了泽脸色铁青地听着这惨叫声。片刻过后，他忽然止不住地颤抖起来。

“我们去看看吧。请大家也一起过来！”

小伙子们跟在了泽身后，从玄关向里面跑去。循着阿胜的声音，众人来到客厅。只见幸庵一脸莫名其妙的表情，迷迷怔怔地坐在坐垫上。胜野则瘫坐在他前面，一边哇哇大哭，一边絮絮叨叨地诉说什么。

“伯母，怎么了？幸庵医生，出什么事了？”

“我也不知道啊。阿胜把我推醒后就一直在说，可我一句也听不懂。”幸庵一副不知所云的表情，呆若木鸡般定定地注视着阿胜，口水顺着邋里邋遢的山羊胡子流下来。

“伯母，您振作一点儿。您说出什么事了？咦？猫……猫怎么了？喂，伯母，请您说清楚些！我们都很担心啊。猫哪儿都找不到了，是不是？什么……关在禁闭室里的疯子不见了？！”

众人惊得面面相觑。了泽青黑色的面孔越发深沉了。

“喂，阿政、阿银，你们赶紧到里面的禁闭室去看看，禁闭室……知道在哪儿吧？”

两个年轻人迅速冲出客厅。

“伯母，您该不是为了这点事就哇哇地哭成这样吧？就算疯子跑了出来，也不至于呀。天气这么好，疯子可能也想不时出来四处转转吧。什么？不只是这样？难道还有其他的事？猫？怎么又说猫？猫到底怎么了……啊？月代在院子深处的祈祷所里？”

了泽等人更摸不着头脑了，他们面面相觑，咬紧牙关，陷入沉默。耳边依然回响着丁零零的铃声。

“伯母，您想说什么？月代不是还在祈祷所里摇铃吗？”

然而，听了这句话，胜野使劲摇了摇头。她好像拼命想表达什么，但越着急发音越模糊，大家越发听不真切。

就在这时，去查看禁闭室的两个年轻人面如土色地回来了。

“大事不好啦！禁闭室成了个空壳，疯子哪儿都没见着。”

“我们去祈祷所看看吧。那边肯定出事了！”

了泽最先冲出客厅，三个年轻人也一下子跟了上来。幸庵仍旧一脸茫然地在原地发愣，胜野则浑身瘫软，继续哇哇地哭个没完。

祈祷所位于院子深处地势略高的地方，看上去说不清是神社风格还是寺庙风格，环绕三面的走廊内侧杉木门半开。走廊正面连着很宽的楼梯。

了泽跑到楼梯下面喊道：“月代，月代！”

没有人回答，只有一连串急促的铃声直入耳鼓。

“月代，请出来一下。大家都很担心你，快出来吧。”

等了片刻，依然没有听到月代的声音，铃声却不间断地响着。众人心头霎时笼罩上一层不安的阴影。

“别顾虑那么多了，咱们直接闯进去看看吧！哎呀，不要紧的。要是挨骂，大不了就是道个歉。”一个年轻人冲上楼梯，哗啦一声推开杉木门。

祈祷所里面大约十叠大小。正面最里边是一个高三尺左右的宽敞祭台，上面挨挨挤挤供奉着数尊大小不一、形态丑陋的佛像。佛像之间还摆放着香炉、香插、花瓶、烛台，以及种类杂多的钲等器物，全都十分陈旧，色泽暗沉，带着一种邪气。推开门的瞬间，骤然吹入的风令点在佛前的明灯惊慌失措般轻轻摇动了几下。线香的烟气充斥着整个房间，直熏人眼。

“月代，月代，你在哪儿？”

四周一片昏暗，再加上线香烟气的影响，一时半会儿谁也看不清东西。

“喂，你们谁带了火柴？”

"我带了。"

"啊，太好了。对面的祭台上有蜡烛吧？拿过来。"

一个年轻人在缭绕烟雾中蹑手蹑脚地向祭台走去。刚走几步，他忽然大声惊叫起来。

"怎、怎、怎么了？"

"月、月代竟然在这里……"

"月代？别说废话，先把蜡烛点着！"

年轻人哆哆嗦嗦地划着火柴。手抖得太厉害，以至于一连划了好几根都灭了。

"真没用！哦，对了，那边不是点着明灯嘛，用那个引火。"

蜡烛终于燃着了，四周豁然亮堂起来。

"南无……"

了泽双手合十，上下牙齿咔嗒咔嗒地打着架。小伙子们也冻僵般呆立原地，唯独手中拿的蜡烛一直在瑟瑟颤抖。

也难怪大家会有如此反应。毕竟赫然呈现在他们眼前的，是一幕几乎无法用语言形容的诡异景象。

月代仰面倒在他们脚边，像白拍子舞女一样，身穿礼服和红色裙裤，头戴金色的乌帽子，化着淡妆，梳着大垂发[1]。那张脸庞美艳得甚至让人无法想象她属于凡间。

但与此同时，这绝色姿容也散发着一股招引梦魇的恐怖气息，因为她纤细的脖子上紧紧地缠着一条布手巾。

"那台子上……"一个年轻人刚开口，转念又害怕得闭上了嘴巴。

---

①日本近代贵族女性参加仪式时所梳的一种发型。

但他想说的话当即在每个人心中激起一阵波澜——

祭台上有一个约半叠大小的台座。台座高一尺左右。月代一向都是坐在那上面潜心祈祷。现在来看，她准是在祈祷的时候被人从后面勒住脖子，才从台座上跌落下来。被人勒住时，她肯定曾激烈地反抗过——证据就是她的右手仍使劲攥着布手巾的一头，指甲嵌得相当深，看上去简直像自己把自己勒死的……

"了泽，了泽！"

一个年轻人凝视着月代如此可怕的尸体，猛地牢牢抓住了泽的胳膊，就像焊接上一样，用力摇着。

"好了，好了。反正我们原先就觉得月代迟早会遭人毒手。大伙儿都说，下一个该轮到月代了……所以用不着大惊小怪的。即便月代被杀了，大伙儿也不会吓一跳。咦？那是什么？月代身上撒的是什么东西？"

另一个年轻人弯下腰，把月代尸体上的东西捡了起来。

"胡枝子花！"

"我知道。这花我认得。我也没无知到那份上。问题是凶手为什么要在月代的尸体上撒胡枝子花？哎，了泽，这祈祷所里可哪儿都没插胡枝子花。这么说来，这花只能是凶手带进来的了。凶手这么做有什么含义……啊！"

忽然，众人如遭五雷轰顶，迅速向后退去，浑身战栗不已。

已然被遗忘的铃声再次丁零零、丁零零地响了起来。

大家着了魔一般不约而同循声望去，随即目瞪口呆。

祭台右侧悬挂着五六条颜色各异、类似幡旗的布条，一直拖到地板上。其中一条拦腰绑着月代的铃铛，末端则绑在胜野的爱猫咪咪身上……

驹若勇花凋零。

猫起舞铃声鸣。

他们做梦都没想到，一直听到的铃声竟都是猫弄出来的。

不久，搜山的队伍回来了。

第六章　猫在夜中皆灰色

金田一耕助心乱如麻，简直马上要发疯。

在那艘闷热的复员船里，千万太强忍着濒死的痛苦，反反复复恳求他的话语再次回荡在他的耳边。

“去狱门岛吧……我的三个妹妹会被杀掉的……代替我去……”

这是千万太拼着最后一口气留下的遗愿，而耕助最终却没有尽到责任。本鬼头家的三姐妹，他一个都没救成。

金田一耕助苦恼万分，整张脸看上去无精打采、憔悴不堪，似乎一下子老了十几二十岁。

“早苗。”

他有气无力地呼唤早苗。

“……”

早苗也面无血色，一味地沉浸在自己的思绪之中。

连续三晚都发生惨案，深夜愈加令人难熬。矶川警部和警官们的身影时而进入那栋祈祷所，时而出现在祈祷所的周围。在这严峻紧张的氛围中，本鬼头家的高堂广厦仿佛也屏住呼吸，战栗不已。

幸运的是，疯子与三松很快被随后派出去四处寻找的人发现，顺利带回了禁闭室。

很少出门的与三松在通往千光寺的羊肠小道上，走到土地庙前时累得气喘吁吁，昏倒在地。这个疯子想知道什么？今晚非比寻常的冒险让他相当亢奋，一个劲儿莫名其妙地大吼大嚷。声音传到祈祷所，更引人联想他们父女到底欠下了多少孽债。金田一耕助刚才也待在祈祷所，但实在难以忍受几乎令人作呕的恶寒，到底还是踉踉跄跄地回到了客厅。

此时早苗孤零零一人坐在客厅，神情黯然，眼底至今仍清晰地印刻着那个可怕男人死去的模样。那人大约三十岁，一脸胡子，面目狰狞，沾满汗水与污垢的军装皱皱巴巴，军鞋也已磨得发白，而且鞋底上有明显的蝙蝠形痕迹……

“早苗，”金田一耕助再一次唤道，“你原本以为那人就是你哥哥阿一吧？还以为他悄悄回到岛上，藏了起来，对不对？”

早苗反射性地抬起头来，脸上浮现出孩子般快要哭出来的表情。

“那是前天晚上的事了。为千万太守灵的时候，阿花不见了。于是你跟胜野到里间寻找。随后，禁闭室那边就传来你的尖叫声。但是紧接着又传来病人的怒吼，大家一心以为是病人发作干出了什么事。不，不仅如此，没过多久你回到客厅，还有意误导我们往那方面想。而实际上，你撒了谎。那时你发出尖叫并非因为病人，而是你看到一名可疑男子在禁闭室旁边徘徊。我说得没错吧？那可疑男子就是刚才的家伙。”

金田一耕助目光阴郁地凝视着院子，但其实没在看任何东西。

“你那时候为什么不说清楚？为什么要用病人来掩饰？因为你原本认定那人是阿一。法国有句谚语，叫‘猫在夜中皆灰色’[①]。自打你哥哥的战友捎信来说阿一不久就复员，你就把所有复员军人都看成了你哥哥。而且，禁闭室旁边比较昏暗，看到那人似乎别有深意地伫立在那儿，你的第一反应就是阿一回来了。可那人一发现你，马上仓皇逃走了。为什么要逃？不，先不说这个，他为什么要偷偷摸摸地回到岛上呢……这些问题都困扰着你。结果，你决定暂时利用病人来蒙混过关。不过……”

金田一耕助在这里歇了口气，继续说：

“当天晚上就发生了千光寺那起案件。听说阿花尸体旁留有和禁闭室旁相同的鞋印时，你大惊失色……我全部看在了眼里，感觉到你非常震惊。与此同时，你更加坚信那人就是你哥哥。而阿一之所以避人耳目、偷偷摸摸地回到岛上，你理解成他想杀掉阿花她们……”

早苗忽然撕心裂肺地恸哭起来。滚落的泪水里饱含着无尽的悲伤和绝望。

“不，我并没有像您说的那么确信。首先，当时我只瞥了那人一眼，根本无法断定他是不是我哥哥。猫在夜中皆灰色，对，说得没错。我的确曾以为他是我哥哥。那时我试着小声喊了句‘哥哥是你吗’，但那人马上背过脸去转身就逃，因此我也就没能弄清真相。这件事让我备受煎熬。他是哥哥吗，还是仅仅与哥哥长得很像……您不知道我有多痛苦……”

“这些你怎么不早点告诉我？假若知道你有那样的疑惑，我一定

①另译“丑妍暗中难分辨”。

会设法查证的……然而根据你当时的举动，我只能认定那人就是阿一。你不但不再收听复员消息了，还暗地里拿食物给他……”

“不，食物不是直接拿给他的。我没有勇气去确认他是不是哥哥。但如果是哥哥，大概还会悄悄溜进来……我这样猜想，于是把食物和餐具等用包袱皮包起来，放在了厨房一眼就能看到的位置。”

“结果他真的又溜了进来，对不对？那时你没看到他的脸吗？”

“嗯，我心里很害怕……只望见了他的背影。”

“尽管这样，你还是放心不下，所以今晚也参加了搜山行动。不仅如此，打开那间禁闭室的门、把病人放出去的人也是你吧？”

早苗目瞪口呆地盯着金田一耕助，但很快又灰心丧气地低下头。

“你真聪明。考虑到对方万一是你哥哥，为了转移大家的注意力，你才把疯子放了出去。要是你没耍那样的小花招，尽早确认他是不是你哥哥……”

金田一耕助的眼神里写满哀伤。

“只要你搞清楚对方的身份，至少就不会发生今天晚上的案子，月代就不会遭人毒手了……因为你的举动，我才一心以为那人是阿一，还以为了然师父、村长和幸庵医生都知道，故意袒护他。总之，这把我引向了一条完全错误的思路……”

“金田一先生，”早苗眼睛里噙着泪水，抬起头来，“那个人到底是谁？”

“刚才矶川警部不是说了吗。那人是闯进水岛仓库的海盗同党，被警方汽艇追缉，跳了海，摸索着潜入这座岛。后来他溜进这里寻找食物的时候，被你碰到，并且被误当成了阿一。换句话说，你包庇了一个毫无关系的人，而我也追踪了一个毫无关系的人。”

金田一耕助自艾自怜般发出僵硬的笑声。

“那杀死阿花和雪枝的是……”

“当然也不是他了。说起来，那么凶狠残暴的家伙要是干坏事的时候被撞见，杀人灭口倒也不足为奇。但如果是那样，他干吗要把尸体吊到梅树上，或是放到吊钟底下？何况月代被杀时，那家伙还在海盗城寨里拼命逃窜呢！”

“那凶手是谁……”

“是的，我们必须转换思路，重新寻找答案。这人既然不是阿一，就没有理由杀害三姐妹，凶手应该另有其人。不过，早苗，那家伙或许也不能说完全与这起案件没有关系。他大概见过凶手的模样，知道凶手是谁，才会被凶手杀死……”

早苗的脸上立刻现出恐惧的表情。

“刚才发现那家伙尸体的时候，你听到矶川警部说的话了吧？他并不是被子弹击中摔下山崖的。他后脑勺上有处很严重的裂口，头盖骨都被敲破了。可是找遍了那一带，也没有发现与裂口相吻合的石块或岩角，而且……”

金田一耕助深吸一口气，接着说：“他的伤势与阿花的情况极为相似。也就是说，他很可能是被击昏阿花的同一件凶器打死的。”

“太可怕了……”

早苗的脸上已经完全没有任何光泽，每一根汗毛似乎都竖了起来，惊骇万分地战栗不已。

“是啊，凶手相当可怕。一个晚上杀一个，连续三个晚上……确实够无情的……分秒不差、有条不紊地实施了自己的杀人计划。对了，早苗。”

金田一耕助向早苗投来探询的目光。

“这座岛上的人想法也太奇怪了，竟理所当然地认为本鬼头家的千万太死了，那三个女孩就会被杀……为了让阿一继承本鬼头家……就是早苗你，多多少少也有这种想法吧？正因为这样，你才会把不相干的人误当成自己的哥哥，还以为是他杀死了三姐妹，对不对？问题就出在这里。早苗，你这种想法有什么根据吗？所谓千万太一死，三姐妹就会被杀……莫非以前就发生过类似的事情？”

早苗双目圆睁，凝神注视着金田一耕助的脸，目光中隐约流露出些许诧异和动摇。

“其实啊，早苗，我来这里也是因为这个缘故。连千万太都有这种想法。”

“啊！”早苗嘴里意外地迸出一声尖锐的惊叫，“本鬼头家的哥哥……说过这种话吗……那个哥哥……”

“嗯，是的。你知道我为什么来这座孤岛吗？我是受千万太之托，来防范这种悲剧发生的。千万太说：‘我死了的话，三个妹妹就会被杀。你去狱门岛吧，救救我那三个妹妹。’问题就在这儿。早苗，千万太一死，谁会杀死他三个妹妹？不，更让我不解的是，他怎么知道会发生这种事？”

早苗的脸愈加苍白，连嘴唇都变成了乌紫色，干巴巴的。

“早苗，你知道是什么原因吗？”

“不知道！”早苗声嘶力竭地喊出恐怖的声音，“那……那么可怕的事，我不知道！”

此后她便无法再开口似的陷入沉默。

这时，矶川警部走了进来。

警部拿来了一条布手巾。打开一看，鬼面之上印着个“本”字。早苗顿时瞠目结舌，看看警部，又看看布手巾。

“啊，凶手就是用这条布手巾把月代……”

“没错。月代的右手死死攥着这条布手巾的一头。恐怕她是在专心祈祷的时候，被人从后面勒死的。这条布手巾已经被弄得很脏了，却不旧。你们看，这边的切口还很新。最近有什么人用过这样的布手巾吗？”

“我不知道。”

警部话音刚落，早苗便立即回答。但她又接着补充道：“最近我记得没裁过新的布手巾，也没有拿布手巾送人的印象。但照理说，这种布手巾岛上的人差不多都有。棉花之类还能自由支配的时候，除了中元节和年末，每逢红白喜事我们家都会发的……”

“你们家还有这种布手巾吗？”

“嗯，大概还有两三卷。听说棉花之类要被管制，祖父就让我们多染一些存了起来。但后来布手巾越来越难买到，我们就暂停发放了，自己家也用得很节约，尽量不裁新的。”

“如此说来，这布手巾是用一整匹布染出来的？”金田一耕助从旁插嘴问。

“嗯，是的。用来分发的布手巾全都是这么染出来的。需要多少裁多少。”

金田一耕助从警部手中接过布手巾，仔细查看一番，便陷入沉思之中。

吊钟走路

悲剧告终，今后应该再也不会发生比这更恐怖的事了……狱门岛上所有人都清楚这一点。尽管死者的确可怜，但大家还是有种松了一口气的感觉。

然而，案件并没有就此结束。不，或许可以说接下来才进入案件真正的核心部分。凡事有始必有终。如今岛上的人都感觉得出，那恐怖的结局正一步步向他们迫近。

众人之所以有这种预感，完全归因于狱门岛与本土间的往来忽然密集起来。警方的船只络绎不绝地驶来，每回都有一批表情严峻的警察蜂拥登岸。

在警方频繁行动的同时，金田一耕助几乎悲痛欲绝。整整一夜没合眼的他神情恍惚地注视着警官们忙前忙后。其实他心急如焚，拼命想抓住点什么，而且总觉得这件东西就在眼前，伸手去抓时，却又瞬间逃入迷雾之中。必须采取些行动，理应有突破口才对……耕助焦灼万分，胸口犹如刀绞般痛苦不堪。

了然正在里间为死者超度。在他低沉洪亮的诵经声里，还夹杂着了泽有些发颤的高亢声音。村长荒木、医生幸庵以及分鬼头家的三个人应该也在……

金田一耕助忽地趿拉上木屐，来到院子里，丢了魂似的晃晃悠悠地从后门走了出去。额头滚烫，脑袋阵阵作痛。吹吹海风，或许能稍微缓解一些。

下了本鬼头家前面那条和缓的坡道，就是岛上的中心区。说是中心区，实际上仅排列着五六家小店而已。正要从前面穿过，耕助冷不防听到有人喊他。

“呀，先生，您这是要去哪儿啊？”

原来是理发店的清公。耕助瞥了一眼，只见理发店里聚着五六个岛上的人。

“先生，进来坐坐嘛。听说又发生不得了的案子啦？”

耕助正迟疑不决，清公又发话了：“有什么好顾虑的。我们刚才还在谈论这事呢。阿仙可是讲了件怪事。”

“什么怪事？”

耕助当即停下脚步。

“老板，那种事，快别提了……”阿仙慌忙阻止。

“不要紧。反正肯定不是真的。吊钟走路，天底下怎么可能有这么离谱的事！可既然发生了，不管怎么着还是该说给先生听听。您说是不是，先生？”另外一个男人从旁插嘴道。

“吊钟走路？”

金田一耕助隐隐感觉，某个突如其来的东西正笔直地朝自己的胸口飞来。

“嗯，是啊。阿仙刚才说了件怪事，大家才议论起来。哎呀，进来坐坐吧。”

清公似乎很为与耕助私交甚笃感到自豪，看那架势是非要把他拉进店里不可。耕助本人也顿时对这个话题来了兴趣。

“是吗，那就打扰了。”他跨入店内。

“喂喂，大家都依次挪一挪，腾个地方。”

尽管聚在理发店里，但没一个人是为正事而来，净是些想拿昨晚的骚动当谈资打发时间的家伙。所以，待在理发店土间[1]里的只有清公自己，其他人全都在铺着有点儿脏的榻榻米的客厅边上，或盘腿而坐，或径自横卧。金田一耕助一走进去，他们匆忙调整姿势，让出位置。

“昨晚辛苦大家了。”耕助向众人打招呼。

“客气了。先生您才辛苦呢。听说那之后又是一阵折腾，肯定累坏了吧。毕竟接二连三地出事啊。”

“嗯……对了，我们还是说说刚才的事吧。什么吊钟走不走路，究竟是怎么回事？”

“这事的话……哎，阿仙，你亲自来讲吧。”

阿仙被同伴戳了戳屁股，当即羞得面红耳赤。

“这事啊，还真是蹊跷。”他挠着头说道，“虽然刚才被大伙儿取笑了一通，可我还是觉得只可能是吊钟自己走路了……事情发生在前天晚上。前天，也就是雪枝被杀的那天，我出海了。回来的时候，具体几点不记得，但太阳已经落山了。我一边往回划，一边漫不经心地朝岛上瞥了两眼，发现天狗鼻稍往下点的坡道上放着个奇怪的东西。呀，那是什么？我又仔细看了看，竟然是吊钟……嗯，当时天已经全黑了，确实无法看真切，但从形状上很好判断。当时我并没有多想，因为我知道上次那些年轻人抬吊钟的事。再说了，从我划船的那边也看不到天狗鼻那块突角。”

“咦？这么说你看到吊钟摆放的位置不是在那块岩石上面？”

---

①日本传统民宅内连接屋内外的空间，以三合土等材料铺地。古时多作为作坊或厨房使用，近现代以来渐与玄关等同。

金田一耕助忽然往阿仙跟前挪了挪。

“没错，没错。所以我才觉得奇怪。后来划了一会儿，我又随意地朝上面望了望。这回可是能看见天狗鼻那块突角了，却发现那口吊钟正好端端地放在那儿呢。”

耕助目不转睛地盯着阿仙的脸。从那副表情上就看得出，他是多么专注地在听阿仙讲话。于是阿仙也得意起来。

“当时我吓了一大跳。那口吊钟倒是不算重，可个头在那儿啊，不是一两个人就能轻轻松松扛着到处走的。从我前面看见的位置搬到天狗鼻上，绝对会有大动静。那时候刚好风平浪静，要是那么吵，在船上不可能听不到，但我真的还就一点儿都没听到！所以，我只能认为是吊钟自己长了脚，若无其事地走来走去。”

“那之前看到的位置已经没有吊钟了，对吗？”

“这个……从我后来抬头望的地方已经看不到先前的坡道了。现在想想，也就是花一点儿工夫而已。早知道干脆划回去确认下就好了。只是当时心里怪害怕，就没顾这个，直接回来了。”

“你能保证在坡道上看到的是吊钟？”

“是啊，准没看错。虽然天已经很黑了，但看形状就知道。那儿的的确确放着一口吊钟。”

“这座岛上有两口吊钟吗？”

“怎么可能！打仗的时候连唯一的一口都没了呢……”

“那口吊钟很旧了吧？”

“嗯，确实年头相当久了。听说曾经裂开过，本鬼头家的嘉右卫门老爷那时候还能呼风唤雨，专门送到什么地方让人重新铸过一回。”

“没错。这件事我也记得。大概是十五六年前，送到广岛还是吴市去重新铸造了。先生，这座岛上绝对不可能有两口吊钟。阿仙肯定是做梦呢。毕竟发生了那么可怕的案子……”

“荒唐！我说的事可是发生在雪枝被杀之前。”

金田一耕助的胸口激烈地鼓噪起来。一定有什么！这里面一定有什么解开案件谜团的关键！

“对了，刚才也提到了，嘉右卫门这个人听上去还真是无人能及。”

“嗯，毕竟是堂堂太阁大人。唉，那种风光，从今往后就是想见识也没指望了。”

“不过据说他临死的时候很可怜的，一直担心被分鬼头家夺了天下。就因为这点，他至死都没能瞑目。”

“他好像是死于中风吧……”

“没错，是脑溢血。停战的时候嘉右卫门老爷也病倒过一回，结果落下个半身不遂。记得他左手不听使唤了，有一段时间就那么四处闲逛。第二次病倒后在床上躺了一个星期左右就不行了。对了，马上就到嘉右卫门老爷的一周年忌日了。”

左手不听使唤了？金田一耕助隐约感觉又撞上了完全出乎意料的东西。

“是呀。患上半身不遂，他心里更烦躁了吧。所以第二次病倒之后，原本那么精神的老爷子整个人一下衰老了许多，听说那模样看着就怪可怜的。嘉右卫门老爷真是得势的时候像太阁大人，死的时候也像太阁大人哪。”

金田一耕助一语不发，再次陷入沉思。正琢磨着，老板清公打断了他的思绪。

“先生，昨晚的事有什么进展吗？月代被杀的事……传言她是在‘一家’被勒死的，真的吗？”

“‘一家’？”

“哎呀，就是那个祈祷所啊。那里叫‘一家’。”

一家……一家……金田一耕助再次冷不丁地撞上了什么可怕的东西，惊愕地凝视着清公。

“这名字好像还是嘉右卫门老爷给取的。听说有一回跟月代她们的母亲小夜发生口角的时候，嘉右卫门老爷讥讽小夜是‘一家’里的老妖婆。打那以后，大家就管那个祈祷所叫‘一家’了。”

一家……一家……一家游女萩和月……

忽然，金田一耕助以骇人之势腾地站了起来，气势太猛，以至所有在场者悚然一惊，都望向他。

“先、先生，怎么了？”

“啊，没什么。大家刚刚告诉我的事很有价值。多谢了。老板，我改日再来。”

他抛下目瞪口呆的众人，踉踉跄跄地冲出清公的理发店。看那步态，简直像个醉汉。

“哎呀，先生怎么回事啊？竟然会吃惊成那样。”

“一定是想到什么线索啦！他绝对从我们的话里有了新发现。”

“哎？这家伙还真是有点儿可怕。”

大家猜得没错。金田一耕助确实有所收获。此前压在心头的乌云缝隙间倏地透出一道白光，被他成功抓住。

一家游女萩和月。

这首俳句中的“一家”是“同一所房子”的意思。但如果光从字面上看，并非不可以理解成“单独的房子”，而且现在确实也有不少人这样认为。

月代尸体上撒的胡枝子花原来就是这种含义。[1] 另外，白拍子舞女也算游女！

天哪，怎么可能有这种事！太恐怖了！多么疯狂的一场闹剧……天哪，大地震颤，怒涛翻腾，天空闪耀……

金田一耕助迈着酩酊大醉般的步子，摇摇晃晃走到本鬼头家的玄关前，刚好跟从里面走出来的矶川警部撞了个正着。

“金田一先生！”矶川警部惊讶地大叫一声，“你这是怎么了？脸色煞白。”

里面依然传来了然与了泽的诵经声。金田一耕助却出人意料地将牙齿咬得咯咯作响。片刻之后，他用变调的声音低声说：“警部，请来一下，请跟我过来！我想请您看样东西！”

矶川警部诧异地注视着金田一耕助的脸，但并不打算多问。他默默地胡乱穿上鞋，跟在耕助身后冲出本鬼头家大门。

离开本鬼头家后，金田一耕助一路狂奔，登上通往千光寺的坡道。千光寺里当然没有半个人影。耕助径直跑进书斋。

“警部，请您读一读这屏风左边彩纸上的字……”

警部一时惊讶得哑口无言。他禁不住担心，金田一耕助不会是疯了吧？金田一耕助所指的，正是之前了然说岛上冷，特意给他送来的枕屏风。

“警部，我一直没能读懂这彩纸上的字。只要读懂它们，或许早

①在日语中，“萩”即胡枝子。

就发现案件的真相了。请您念一遍！试着念一遍！”

金田一耕助看上去几乎悔恨得捶胸顿足。矶川警部大惑不解地看向他指的彩纸。

“啊，这是其角写的吧？”

“是的。但这是其角的哪一句？”

矶川警部仔细端详了好一会儿。

“字写得还真够潦草的。不懂俳句的人根本认不出来。这是其角很有名的一首俳句，酒井抱一还模仿过。这首是‘黄莺倒吊初鸣啭’。抱一仿作的是‘黄莺倒吊啼初音’，据说是抱一在吉原[①]还是哪儿，看到花魁从楼梯上呼唤新造或小丫头时写下的。”

黄莺倒吊初鸣啭。

“没错，警、警、警部！”

金田一耕助浑身颤抖起来。不知为何，他隐隐感觉一股寒意沿着脊梁骨直蹿上来。

“阿花被倒吊在梅枝上，对应的就是这一首。而雪枝被放到吊钟底下，对应的是这边的‘头盔压顶蟋蟀鸣’……昨晚月代的案子，则对应另外那张彩纸上的‘一家游女萩和月’……”

听闻此言，警部惊讶得两眼暴突。

“是、是，警部，我很清楚您想说什么。但他们都是疯子。狱门岛上的居民全都疯了，疯了！他们都疯了……”

说着说着，金田一耕助忽然闭了嘴，用几乎快瞪出来的眼珠子死命盯着枕屏风的正面，忽然哈哈大笑起来。

---

①位于东京浅草北部，原为江户时代形成的红灯区，1958 年立法废止。

“疯……疯……疯了！”

耕助肆无忌惮没完没了地笑着，后来甚至抱着肚子笑倒在地。尽管眼泪顺着脸颊滑落下来，他依然没住声。

“疯……疯了……对，准是疯了！啊，我怎么这么愚蠢！”

花子被杀后不久，了然曾站在老梅树旁低声自语：“是疯子，但任何人都无可奈何。”

这句话的真正含义，金田一耕助直到如今才恍然大悟。

忠臣藏十二段返

“听说你想了解嘉右卫门老爷的事。”

仪兵卫浅饮一口散发着醉人香气的玉露茶，放下产自备前的无釉茶碗，神态悠然地看向金田一耕助。

仪兵卫鼻翼两侧至嘴角延伸着两条深深的法令纹，下唇比上唇突出，整张脸给人冷酷无情的印象。站在本鬼头家那边的人也把他当成蚰蜒似的厌恶。然而与他面对面一交谈，金田一耕助禁不住感慨：这毕竟也是一派之主。

分鬼头家深处的客厅拉门洞开，远远可以望见一谷之隔的本鬼头家壮观的瓦房顶。清爽惬意的晨风绕着相对而坐的仪兵卫和金田一耕助，安静地流动着。

金田一耕助昨晚彻夜未眠。他整宿辗转反侧，以发句屏风上发现的惊人暗示为基础，再次在脑海中把案件从最初的一页起重新解读了一遍。结果，之前几处漏读的“潜台词”终于变成鲜明的活字，呈现在他眼前。事到如今，他不得不感到极度的震惊和恐惧。

黎明时分，金田一耕助双颊深陷，两眼因病态的热情闪闪发光。

“金田一先生，你是不是哪里不舒服？有没有发烧？”

金田一耕助走进起居室准备吃早饭的时候，先到的矶川警部看到他的样子吓了一大跳，赶忙问道。

耕助并没有做出回应。他把难以下咽的早饭勉强冲进胃里，努力躲避着警部疑惑的目光，冲出本鬼头家，来到了分鬼头家。

“请务必允许我向仪兵卫老爷请教一些事情……”

迎出来的志保也察觉金田一耕助脸色有异，于是慌忙收起平时不正经的微笑，老老实实地进去传话。就这样，金田一耕助才与仪兵卫面对面坐到了一起。

“嘉右卫门老爷是个很了不起的人。岛上的人都管他叫太阁大人，他也的确受之无愧。”

仪兵卫的声音铿锵有力，一字一句掷地有声，说话方式也毫不夸张，令人感觉得出他性格沉稳可靠。或许，这也是岛上的百姓将他比作家康公的原因之一。

“你来狱门岛之前，应该听过不少有关这座岛的传说吧？我猜，你来了以后，可能意外地发现这儿与其他地方相比并没有什么特别之处。可是倒退二三十年，我们还年轻的时候，情况就大不同了。那时才真是符合狱门岛这个名字，岛上的百姓被说成是海盗和流放罪人的后裔也没有办法，毕竟这岛上的确民风彪悍。变成现在这样子，全都是嘉右卫门老爷的功劳。他不是个多有学问的人，也不是社会教育家，所以并没有为了整顿民风而专门下苦功。但是，他让整座岛富裕起来，让岛上百姓的日子阔绰了。所谓‘穷山恶水出刁民’，人一旦贫穷，就会忘记廉耻之心，不管多伤风败俗的事都做得出来。多亏了嘉右卫门老爷，岛上的生活越来越好，百姓自然而然地知书达理起来。以前那些狱门岛根本无法与之相提并论的岛反倒没有我们这边富裕了，于是大家自然有了动力，决心让民风也不逊于其他岛。就这样，嘉右卫门老爷逐渐改变了岛上的风气。然而，他本人绝对不是为了岛上的百姓而努力工作，也从没有考虑过要让整座岛富裕起来。可以说，他完全是出于个人的私欲，为了能成为有钱人，才不辞劳苦地拼命工作。在这样的岛上，如果船东富裕起来，他手下渔民的生活势必也好。而且，一户船东富裕了，其他船东不甘落后，也会效仿他。如此一来，整座岛便会理所当然地共同富裕起来。嘉右卫门老爷这个人有眼光，而且只要想干，不管遇到多大的困难都会坚持到底。趁着此前战争带来的景气，他不断拓展事业，最终成了这一带首屈一指的大船东。而我则是靠捡他的残羹冷炙，支撑到了今天。怎么样，这下你对嘉右卫门老爷了解得稍微多些了吧？”

仪兵卫黯淡的眼眸看向金田一耕助，那眼神不卑不亢，坦荡磊落。

“原来如此。听您一说，我大致明白众人把嘉右卫门老爷称为太阁大人的缘由了。但即便是这么厉害的人物，听说晚年也相当不幸……特别是临终前那懊恼万分的模样，都让人不忍看下去……”

仪兵卫依然平静地凝视着金田一耕助，用浑厚的嗓音说：

“关于这点，岛上的百姓没少对我说三道四，你也听说了吧？我不会说这些完全是空穴来风。在嘉右卫门老爷晚年，我们之间的确产生了隔阂。并且，这隔阂还日益加深。但这是无论如何也无法避免的。在工作上，我自认逊他一筹，为了跟上他，我能做到竭尽全力。但那个人的趣味、嗜好之类，我着实无法追随。这惹得嘉右卫门老爷很不高兴。”

“嘉右卫门老爷这个人玩乐的时候好像出手相当阔绰？”

“对。不管怎么说，他一向都很慷慨，赚得多，花得也爽快。年景好的时候，花钱简直如流水。组织个什么活动，岛上有头有脸的人物要是不全去捧场，他就会不乐意。可我实在不想去参加那种娱乐。明明觉得没意思，却要跟他们同坐一席随声附和，我干不来。再怎么落魄，毕竟我也是个船东，是分鬼头家的主人。后来不知不觉，我缺席这类活动的次数越来越多，嘉右卫门老爷对此大为光火，而旁人也把我想得居心叵测。可就算被人说长道短，我也没办法。谁让我们的性格一点儿都合不来。”

“听说嘉右卫门老爷晚年迷上了杂俳？”

“对。好像叫冠句。从嘉右卫门老爷只有胜野这个女人就满足了也能看出来，他对女色没有太多的欲求，但一直很爱附庸风雅。曾经有一段时间，他经常和千光寺的了然师父他们作发句。自从理发店的清公来了之后，他又开始热衷冠句。有一次我没能拒绝他的邀请，硬着头皮去参加了他们的俳谐聚会。唉，到底还是志趣不同，心里很不痛快，没有任何趣味可言。芭蕉翁曾留下训诫：‘所谓风雅，乃是不忘晶莹露珠之寂寥。’而嘉右卫门老爷与清公等人哪里管什么寂寥，只知道喧嚷不休。我去了一次便再也不敢领教了。后来，嘉右卫门老爷又迷上了模拟游戏。”

“什么叫模拟游戏？”

金田一耕助露出惊恐的眼神。说不上为什么，他感觉似乎终于遇到了自己在黑暗中寻找已久的东西。

“就是模拟各种各样的情景。我只参加过一次，具体也不是很清楚。我去的那次是用搭配菜肴来模拟，题目是忠臣藏十二段返[①]。从开场戏到众义士攻入，每个人会被提前分配两到三幕。拿到题目的人需要根据原剧本的内容做出相应的菜来。我被分到的是‘义士攻入’，这可让我为难了，不知如何是好。理发店老板清公走过来告诉我：‘义士攻入嘛，只要做道‘笹之雪’[②]，再撒些碎冰块就好了。’后来我才知道，所有人都是在清公的指挥下做出来的。这叫什么事！说穿了，这游戏就是嘉右卫门老爷和清公两个人在玩。实在是太无聊，我后来连这种聚会也不去了。”

模拟……模拟……原来嘉右卫门老爷有这样的癖好。

“哦。看起来这根本不是什么雅兴，不过是效仿江户末期那些精通游乐之人的爱好。对了，千光寺的了然师父、村长还有幸庵医生他们也都参加这种聚会吗？”

“当然了。那三个人是常客。千光寺的了然师父尽管比嘉右卫门老爷小，但感觉上却像位兄长，嘉右卫门老爷也对他另眼相待。而了然师父也跟哄个磨人的孩子似的，无论嘉右卫门老爷想干什么，他总是赞成，陪着嘉右卫门老爷折腾。与了然师父相比，村长和幸庵的态度就差远了。说他们太把自己当回事，才跟着附和也不为过。我却很讨厌那样。”

仪兵卫的声音里第一次表现出了情绪的波动。他口气不是很重，

---

①以江户时代赤穗事件为题材的戏剧中的一幕。该剧讲述以大石内藏助（1659－1703）为首的赤穗藩武士为主公复仇的故事。

②一种豆腐做的菜肴，将芡汁浇到烫过的绢豆腐上。“笹之雪”也是武士对刀的别称。

但说出这些话时似乎很不屑。

“嘉右卫门老爷十分信任那三个人吧？连后事都托付给他们。”

“嗯，大概是。既然和我之间有隔阂，这座岛上跟嘉右卫门老爷谈得来的就剩他们三个了。但是我跟你说，金田一先生，嘉右卫门老爷临终之前那么痛苦，不能全怪罪到我头上来。要是他家里还安宁，我这种人他根本不会放在眼里。谁知道与三松出了那些事呢。想想看，与三松对小夜那个女人动心就是本鬼头家走下坡路的开端。”

“对了，我正想向您打听一下那个小夜的事……”

“小夜啊？她是个疯子。你大概不知道吧？中国地区有一群叫‘当当敲’的人，虽然跟四国的犬神、九州的蛇神稍微有些不同，但他们同样无法与普通人交往。要说由来的话，在很久以前，传说阴阳师安倍晴明从京城来到中国地区的时候，他的侍从全都死了。于是晴明施展法术，赋予路边的草以生命，让它们变成了人，跟随他完成任务。返回京城的时候，晴明本想把他们重新变回草，但他们恳求道：‘托您的福，我们好不容易才变成了人，就让我们一直当人吧。’晴明心生怜悯，便答应了他们的请求。可追根溯源，他们毕竟是草，没有谋生的技能。晴明当即教授众人祈祷之术，要他们世世代代以此为生。这些人后来就被称作草人，别名又叫‘当当敲’，世代以祈祷为业。他们由草幻化而成，不会与人交往，因此遭到普通人的厌恶。谣传小夜就是这种草人。是真是假我不清楚，反正现在当村长的荒木不知道从哪里打听来这消息，并且告诉了嘉右卫门老爷，老爷便更加讨厌小夜了。”

“可是，村长为什么要多管闲事？”

仪兵卫脸上浮起一丝冷笑。

“爱之深恨之切啊……呵呵。别看荒木真喜平如今当着村长，整天装得一本正经的，没当村长之前可不得了呢。为了小夜，他跟与三松可没少起争执。”

金田一耕助感觉在黑暗之中又有了意外的发现，禁不住诧异得两眼放光。

“他？”

“是啊，人不可貌相。但恨小夜的不仅仅是村长，幸庵当时的患者也全被小夜抢了过去。于是他们背地里说小夜是庸医什么的，最后弄得她那儿门庭冷落，非常难堪。可是说来说去，基本上还是小夜不好。我虽然没怎么跟她打过交道，但也挺讨厌她的。跟那样一个女人扯到一块儿，我到现在都觉得是与三松的不幸。”

金田一耕助半晌无语，凝神沉思着什么，又忽然记起来似的问：“对了，听说小夜在岛上演过《道成寺入钟》，您知道那时候用的吊钟后来去哪儿了吗？”

“吊钟？”仪兵卫不解地蹙起眉头，“说是吊钟，不过是演戏用的道具罢了。往竹架子上糊上纸做出来的玩意儿……”

“对，就是它。那口道具吊钟后来去哪儿了？”

“嗯，这么说应该还在本鬼头家的仓库里……后来怎么样了呢……它里面有个机关，能啪地从中间裂开……”

设有机关、能啪地从中间裂开的吊钟……啊，一定是它！金田一耕助感觉心被猛地一揪。

“呀，谢谢。您跟我说的这些对破案很有参考价值。”

金田一耕助诚恳地道谢，仪兵卫温和地说：

“哪里。你们这职业也挺不容易的，很费脑子吧？”

“也没有。”金田一耕助无力地笑笑，“都是因为那些警察来了，我的身份才完全暴露。”

“都是因为那些警察来了……”仪兵卫忽然皱着眉说，“是吗？我很早之前就知道你的身份了。”

“您、您、您说什么？”

金田一耕助震惊不已，他感觉头顶仿佛猛地被人砸进一根楔子。

“您、您、您说知道我的身份？谁、谁告诉您的……”

“村长啊。啊，我也不是直接从他那儿听说的，是他的助手告诉我的。因为金田一这个姓很少见。村长立即回想起了很早以前的那起……叫什么来着，对，本阵杀人事件。据说是村长找出村公所的那份旧报纸合订本查找的时候，让助手看见了。当时，村长叮嘱过他不要对任何人讲，但助手还是悄悄对我一个人说了。真奇怪，你竟然到现在都没有察觉！”

村长原来早就知道了耕助的身份。既然他知道，那么了然跟幸庵……至少了然肯定知道。

天哪，这究竟是怎么回事？对于金田一耕助来说，这真是个晴天霹雳。

第七章　看漏的片断

“了泽、了泽，我想问你点儿事。”

“好的，金田一先生。什么事？”

“阿花被杀的那天晚上，就是给千万太守灵的那天晚上，对吧？”

“嗯，是的。”

“那天晚上，我受了然师父之托，先行一步离开了寺院，去分鬼头家送信。后来，我从分鬼头家出来前往本鬼头家，走到那条羊肠小道前时，你、了然师父还有竹藏三人正好从山上下来。你还记得吗？那时候的事……”

“嗯，我记得很清楚。这怎么了？”

“当时你从寺里出来后，一直和了然师父、竹藏在一起吗？换句话说，从离开寺院到遇到我的这段时间，你一直跟他们两个在一起吗？”

了泽莫名其妙地盯着金田一耕助。

“金田一先生，虽然我不知道您为什么这么问，但这个问题，我只能回答‘不是’。”

“不是？这么说，你不是和了然师父还有竹藏一起走到那儿的？”

金田一耕助有些焦躁。了泽越发不可思议地皱起眉头。

“我和师父从寺里出来的时候的确在一起。但是出了山门后，师父说忘了拿东西，叫我回去拿。忘记的是包经书的方绸巾。他还说就在方丈的桌子上。我立即赶了回去，但桌子上根本没有方绸巾。我想师父大概是记错了，就把方丈的角角落落都找了一遍，还是没见到方绸巾的影子。我最后找得不耐烦了，便出了寺院，来到羊肠小道下面。师父正跟竹藏在那儿等我，见到我，他笑着说：‘对不起，对不起，方绸巾原来就在我怀里。’又过了一会儿，我们就碰到您了。”

金田一耕助带着苦恼的眼神说：“那么竹藏一直跟了然师父在一起？我在羊肠小道的半路上遇到过他，他到寺里了吗？”

“没有，我们走出山门的时候碰到了竹藏。我随后就返回了寺里，但我想竹藏是跟师父在一起的。”

“啊，谢谢你。对了，了然师父呢？”

“他说要去下分鬼头家。”

“分鬼头家？什么事？”

“师父说鹤见总持寺那边的许可文件批下来了。明天举行传法仪式，把寺院让给我。现在不管怎么说，分鬼头家都是岛上最大的船东，这件事得去通知一下。”

了泽一副眼看就要哭出来的表情。

“把寺院让给你？那了然师父呢？”

“他说要到作州深山的寺里隐居。这事师父很早以前就提过，但也用不着这么急啊……我都不知道该怎么办才好了。”了泽看上去不知所措。

金田一耕助安慰了他一番，走出寺来，脚上却没有丝毫力气。

羊肠小道走了一半，路边就是供奉土地神的小庙。金田一耕助走到小庙前，透过格子门往里瞧了瞧，似乎发现了什么，忽然双目圆睁，迅速环视四周后，试着推了推格子。门好像没上锁，轻而易举就推开了。耕助踏进昏暗的庙里。

这庙里最近确实有人进来过。地板的灰尘上踩了许多乱七八糟的脚印，还落着一片美丽的花瓣。是假花的花瓣——花簪上掉落的。金田一耕助将它捡起来夹进记事本，浑身哆嗦了一下，接着便悄悄地离开了。

金田一耕助走下山坡，来到本鬼头家。那儿依然是老样子，表情严峻的警察们不断地进进出出。三姐妹的尸体昨天晚上临时下葬了，但正式葬礼的日期尚未确定。

“千万太的葬礼还没有举行，就接二连三发生这种事情……而且已故嘉右卫门老爷的一周年忌日也近在眼前，怎么都赶到一起了……”

想起昨晚胜野的悲叹，金田一耕助不禁黯然神伤。

转到厨房，发现竹藏碰巧也在那儿，金田一耕助小声把他叫到隐蔽处。

“竹、竹藏，我想问你点儿事。”

“好的，客人，什么事？”

“是阿花被杀当晚的事。那天傍晚，你往千光寺去的时候，在羊肠小道上遇到了我，你还记得吗？”

“嗯，我记得一清二楚。”

“听说你爬上山坡后，在山门前遇到了了然师父和了泽。接着，了然师父说忘了拿东西，让了泽回寺里取。之后走到羊肠小道下面这段时间，也就是在遇到从分鬼头家返回的我之前，你一直跟了然师父在一起吗？”

“是的，在一起。”竹藏不解地看着金田一耕助。

“真的？你一刻也没有离开了然师父身边？竹藏，这件事非常重要，请你仔细想想再告诉我准确答案。”

竹藏边用胆怯的目光注视着金田一耕助，边回想了一下。

“啊，说起来……对，没错。下山途中，了然师父木屐上的带子断了……我说‘让我给您把带子重新穿上吧’，他说‘不用，你先往前走着’。于是我先走到了羊肠小道的下面。随后了然师父从后面赶了上来，我们正说着话，了泽也来了。我们三个人刚迈出步子，您就从分鬼头家那边走了过来。”

“那么，了然师父的木屐带子断掉的地方，是在土地庙的上边还是下边？”

“不，刚好就在土地庙前面。了然师父坐在檐廊上绑的木屐带子。”

金田一耕助心情越发沉重了，毫无光泽的眼眸茫然地望向一个出人意料的方向。过了一会儿，他又想起什么似的说：“对了，我想再问你一个问题。那时候，啊，就是我们第一次在坡道上遇见时，你问过我去哪儿，对吧？我说了然师父让我去分鬼头家通知守灵的事。你听后露出奇怪的表情，那是为什么？”

“哦，那时候啊……我记得。守灵的事，分鬼头家那边照理说已经知道了。其实前一天，我就去打过招呼了。了然师父又让您去通知，我感觉很纳闷，不过转念一想，您大概还有别的事情要办，就没多说什么。”

“好的，我明白了。非常感谢。对了，矶川警部在的话，请他到这儿来。”

竹藏很快把矶川警部叫了过来。

“金田一先生，有什么事吗？”

“嗯。我想请您跟我来一下。竹藏，有这么长的竹子之类的东西吗？顶端要带着钩子。”

竹藏立刻找来了一根正合适的带钩竹竿。

“客人，您看这根行吗？”

“啊，很好。竹藏，请你也一起过来吧。”

出了本鬼头家，走下山坡，三个人来到海湾口。一路上，岛上的居民向他们投来异样的目光，金田一耕助毫不在意。

走上码头，金田一耕助朝竹藏回过头来。

“竹藏，我需要一艘船。”

“好的。我马上划过来，请稍等。”

竹藏划来一艘船，金田一耕助和矶川警部跳了上去。

“金田一先生，你究竟想干什么？”

“马上您就明白了。我要揭开魔术的谜底给您看看。竹藏，瞧，就是那块岩石下……请把船划到放着吊钟的天狗鼻下面。”

海面上风平浪静。秋意渐浓的濑户内海如同熔化了的蓝宝石一般，闪烁着美丽的光芒。坐在船上的矶川警部和金田一耕助都沉默无语。然而在这种沉默底下，是一股极度紧张的暗流。矶川警部也察觉到，案件的真相终于开始在金田一耕助的脑子里凝固成形了。

没过多久，船就来到了岩石下面的深水区。此前也说过，这里似乎是片潮水洼，被风吹来的海藻在潮水中来来回回地晃动着。

金田一耕助仰头望着岩石上面悬挂的吊钟，说："啊，竹藏，那边就行。把船停到那儿，你试着用竹竿伸进水里捞捞看。"

"客人，要捞什么啊？"

"应该有根坠着重物的绳索掉到这附近了。因为绳索的一头绑着件很轻的东西，我想它可能没沉下去。你先搅搅看。"

竹藏倒拿着带钩的竹竿，哗啦呼啦地搅动起海水来。金田一耕助和矶川警部从船边探身注视着竹竿。金田一耕助感觉得出，警部的呼吸越来越急促了。

"啊！"竹藏忽然低声叫道。

"找到了？太好了！"

金田一耕助又把身子往外探了探。

"竹藏，这根竹竿我来拿着，不好意思，能不能麻烦你到水里去，把绳索割断？辛苦你了……"

他从怀里掏出一把很大的水手刀。

"嗯，好的。这事好办，您别客气。"

竹藏麻利地脱掉一层层衣服，最后只剩一条兜裆布，赤裸着魁梧的身躯。他把水手刀衔在嘴里，顺着竹竿静静地游向海底。

他的身影不多时便隐没在海藻下面。不一会儿，水底泛起淡淡的波纹，竹藏紧接着浮出海面。

"客人，这个给您……"

竹藏把绳索的一头递到金田一耕助手里，动作敏捷地回到船上。

手里攥着绳索的金田一耕助现出紧张的神色。

“警部，我这就给您揭开魔术的谜底。看看会冒出什么！”

随着金田一耕助往上拉绳索，一件不可思议的东西摇摇摆摆地出现在了海面上。起初，矶川警部和竹藏都没看出是什么，等到不久后看清楚东西的全貌，他们都瞪大眼睛，倒抽了一口凉气。

“啊，吊、吊钟！”

矶川警部呼吸急促。

“没错，是吊钟……只不过，是纸的。这口吊钟可以从中间啪地裂开，是月雪花三姐妹的母亲演《道成寺入钟》那出戏时使用的道具。母亲演戏用的吊钟反被凶手用作杀害她女儿的道具，这恐怕也是一种宿命。”

金田一耕助的声音里夹杂着沉重的叹息。识破魔术的秘密后，他完全没体会到获胜后的得意喜悦之情……

恰在那时，从分鬼头家出来的了然走上了天狗鼻。他若无其事地站到岩石突出的位置，向下俯视。仿佛有心灵感应似的，金田一耕助也下意识地抬头朝上望去。岩石上了然的视线与岩石下金田一耕助的视线在空中不期而遇。

“南无……”

了然低声念道，在岩石上双手合十。

传法仪式之后

翌日，狱门岛一整天都下着蒙蒙细雨。千光寺也被笼罩在雾气之中。了然与了泽两人在正殿里举行了庄重的传法仪式。

通常来说，曹洞宗的传法仪式要花一周的时间。

挂着红布幔的正殿里，除了师徒二人外，闲人一律不准进入。徒弟在这里首次接受师父的口头秘传，抄写大事、嗣书及血脉[①]。徒弟在抄写时，每写一字须起身叩拜三次，因此非常费时间。而且在仪式结束以前，接受传法者除了如厕以外绝不允许离席，若有必要，做饭烧水等工作也一并由师父代劳，师父反过来像用人般服侍徒弟。

这样做既是为了让继承法统者驱除心中的杂念，同时也意味着传法以后，师父和徒弟便皆为释迦牟尼佛的弟子，可以说资格相等了。

然而，不知了然出于何种考虑，没有进行这么麻烦的程序。他只用一天就完成了传法仪式。于是，了泽在这里成了释迦牟尼佛的堂堂第八十二代弟子。

尽管只花了一天的工夫，了然结束传法仪式走出正殿的时候，脸上还是明显现出了疲惫之色。去了趟厕所后，他一边洗手一边朝寺内望去。昏暗的雨雾中，那里一个人，这里两个人，到处站着神情严肃、全副武装的警察。

了然看到这情景，呼地吐出一口温热的气息。但他不是因这点场面就会乱了阵脚的人。他迈着沉稳的步伐走进书斋。

“久等了。”

他简短地打声招呼后，坐了下来。

书斋里有两位客人，金田一耕助和矶川警部。他们似乎已经等

---

①曹洞宗传法仪式中弟子继承师父的“三物”。大事即开悟，嗣书即继承宗派谱系，血脉即继承戒法谱系。

了相当长的时间，两人中间的烟具盘里，烟蒂早堆成了小山。

“啊，没有。结束了吗？”

矶川警部重新坐正，声音有些僵硬。

“嗯，结束了。托你的福。”

“师父，了泽呢？”

“啊，他到分鬼头家打招呼去了。不管怎么说，从今往后都得仰仗仪兵卫老爷作为靠山了。本来应该请仪兵卫老爷来这边的，但二位说有事要谈，就作罢了……金田一先生，到底是什么事？”

“师父！”

金田一耕助只喊出了这么一句，没能再说下去。他声音颤抖，嘴角不停地哆嗦，深吸了一口气，默默地注视了然许久，然后忽然移开视线，说：“师父，我们今天是来逮捕您的。此前承蒙您不少关照，面对今天这样的结局，我感到很遗憾。”

金田一耕助的声音听上去甚至有些哽咽。了然没有立即回答。矶川警部也缄口不语，看着他们两个。令人窒息的沉默如水一般在书斋内漾开。

“逮捕我？为什么？”

了然从容不迫。比起问题本身的内容，他似乎更像在试探金田一耕助。

“因为您杀了阿花……师父，杀死阿花的，是您吧？”

“因为我杀了花子……金田一先生，就只有这个吗？”

“不，还有。师父，在海盗城寨里杀死那个海盗的，也是您吧？”

“在海盗城寨里杀死那个匪徒……嗯，还有呢……”

“就这些了。阿花和那个身份不明的海盗……您杀的只有他们两个人。”

砚川警部惊讶地盯着金田一耕助的脸，看来他还不知道详情。

“就这些？”

了然神情淡然。

“金田一先生，那雪枝和月代呢？她们的死不怪我吗？”

“不。师父，她们两个不是您杀的。杀雪枝的是村长荒木真喜平，杀月代的是医生村濑幸庵。”

“金田一先生！”

砚川警部用抽泣般的声音打断金田一耕助的话，之后便再也挤不出半个字来。他太过吃惊，以至于说不下去了。

过了很长一段时间，他才问：“这……这都是真的吗？”

声音小得几乎听不清楚。

“是真的。警部，杀阿花的是了然师父，杀雪枝的是村长，而最后杀月代的是医生幸庵。如果不这样考虑，案件根本无法合理解释。真是非比寻常、骇人听闻的案子。了然师父、村长和医生，这三个人分别杀害了阿花、雪枝、月代三姐妹。但是，警部，如果您听我这么说，就以为他们三个是共同犯罪，那就错了。因为每次作案，凶手都绝对没有借助他人的力量，而是独立完成的。所以，也不是不能看成三起相继发生的独立案件。”

“可这太荒谬了！三姐妹如此轻易地依次被杀，却看成什么三起独立案件……”

“是的。当然了，有一种意志在统率这三起案件。利用了然师父、村长和幸庵分别实施杀人计划的人物尚在别处。实际上，那个人才是这一系列杀人案的真正凶手。与他比起来，了然师父、村长和幸庵都只不过是杀人的工具罢了。”

“谁？那个可怕的人是谁？”

“去年去世的前任船东嘉右卫门老爷。”

犹如突遭雷击，矶川警部顿时全身僵硬，失去知觉的脸颊发麻般抽搐不已。了然则仍旧神态淡然，双眼半闭，脸上没有丝毫动摇。

“是的。一切都源自嘉右卫门老爷的满心怨恨。我真是个傻瓜。从我来到这座岛起，不，在我到达这座岛以前，就应该注意到这件事情。”

金田一耕助精力尽失，以一副虚脱的表情看着了然与矶川警部。

“师父，警部，你们知道我为什么来这座岛吗？我是受千万太之托，来阻止这件事发生的。可见千万太应该事先已经知道会发生这样的事了。他说：‘如果我死了，三个妹妹就会被杀……你去狱门岛吧，堂弟……堂弟……’说到这里，他就咽了气。而在千万太的身体还没有那么糟糕时，他就屡次劝我来狱门岛，还给我写了介绍信。问题是那封介绍信的收信人。上面写着了然师父、村长和幸庵医生三个人的名字。千万太为什么要选他们三位当收件人……或者说，他为什么没有选更亲近的人呢……诚然，因为与三松处于那样的状态，介绍信的收信人写他的名字可能不合适。但为什么不选嘉右卫门老爷？为什么介绍信不是写给嘉右卫门老爷的……要是早考虑到这个问题，这起案件之谜早就解开了。”

金田一耕助的眼睛表面泛着一层略微发白而浑浊的光芒。那是他不断地自责、承受着内心煎熬的投影。

“想想看，千万太也许认为嘉右卫门老爷年事已高，有可能已经不在人世了。但是，他选择的三位收信人不也一样吗？无论是了然师父、村长，还是幸庵医生，依他们的岁数，绝对都不能算年轻了。不，大概千万太正是考虑到这个，收信人才写了三个人的名字。即便他们当中有人去世，剩下的人也可以将事情解决……那么，假如真是那样，为什么要刻意避开嘉右卫门老爷？嘉右卫门老爷毕竟是千万太的祖父，何况又是狱门岛上的霸主。不管让谁来想，不都是应该先给嘉右卫门老爷写介绍信，尔后为防万一，再写给了然师父、村长和幸庵吗？然而，千万太并没有做这种理所当然的事。他避开了嘉右卫门老爷。为什么？难道他害怕嘉右卫门老爷？还是因为他已经知道嘉右卫门老爷将是杀害三个妹妹的元凶？”

金田一耕助说到这里，停了下来，取出一根烟。他划火柴的手在颤抖。借矶川警部的火点上后，他把烟夹在两指之间，双手握拳搁在膝盖上。

“千万太在战争爆发后不久就被征召入伍，最初被派往中国，后来又辗转于南洋多个岛屿，最后流落到新几内亚岛。他应该很长一段时间没有跟家里通信了。不，即便通信，家里也不可能来信告诉他三个妹妹也许会被杀。尽管如此，千万太却知道自己死后，妹妹们会被杀。他怎么知道的？能想到的只有一个可能，那就是他离开家乡之前，一定有人告诉过他。”

两指夹着的烟掉下来一截长长的烟灰，落到了膝盖上，但金田一耕助完全没注意。他阴沉的目光落到榻榻米上。

“我眼前现在浮现出这样的情景来。三个男人坐在本鬼头家最深处的客厅里。一位是老人，也就是前任船东嘉右卫门老爷，另两位是老人的孙子千万太和阿一。千万太收到了入伍令，阿一也可能会同样收到通知。理应在嘉右卫门老爷去世后撑起本鬼头家的与三松老爷已经疯了，而且与本鬼头家交恶的分鬼头家眼看着有超越本鬼头家的运势。那个时候，想到自己寄予厚望的一个孙子得上战场，另一个孙子不知道什么时候也得上战场，嘉右卫门老爷不管左顾还是右看，除了绝望的悲痛以外，恐怕没有其他感受。结果，他对两个孙子说了什么呢？我猜，大概的意思应该是这样：如果本家的千万太活着回来，这种情况自不必说。但如果千万太死了，只有阿一活着回来，那本鬼头家就由阿一继承。不过那样的话，月雪花三姐妹就成了障碍，所以得把她们杀掉——”

金田一耕助的声音里带着些许颤抖，戛然而止。隔了很长一段时间，他也没再说下文。矶川警部沉默不语，诧异地瞪着眼睛凝视耕助的侧脸。了然依然双眼半闭，泰然自若地坐在原地。

金田一耕助清了清喉咙。

“啊，真是太可怕了。这种想法简直脱离了常人的逻辑！但是，岛上的百姓似乎都是如此，所有人都以异于常人的方式来思考和行动。嘉右卫门老爷满怀对本鬼头家未来的担忧。月雪花三姐妹中的任何一个继承家业，本鬼头家都会垮台……嘉右卫门老爷或许非常担心这一点。再加上他以前对三姐妹的母亲又那么憎恨，这恐怕也影响了他的想法。因此他决定，如果千万太死了，就让阿一来继承家业。如果千万太和阿一都死了，就让早苗继承家业。反正不管怎么说，三姐妹非死不可。”

“不，不是那样的。”

忽然，一个低沉而苍老的声音打断了金田一耕助的话，是了然。他照旧双目半开半闭，用平静的口吻说：“打断你的话，真不好意思。那个地方你说得不对。嘉右卫门老爷向来没把女孩放在眼里。不管是月代、雪枝、花子还是早苗，在嘉右卫门老爷看来，她们不过是五十步与一百步的差别。所以，如果千万太和阿一都死了，那就没办法了。他就打算让月代招个上门女婿来继承本鬼头家。为了早苗杀死三姐妹，嘉右卫门老爷想都没想过。”

听了这番话，金田一耕助出人意料地大惊失色。那份惊讶里甚至掺杂着悲痛的情绪。

“师父，”他的呼吸有些急促，“这么说，只有千万太死了，而阿一活着，才会发生这次的事情了？要是千万太和阿一都死了，三姐妹就能免于厄运了，对不对？”

了然默默地点点头。金田一耕助与矶川警部彼此对望，在两个人的视线之间，充满了了然不知道的、无法用语言形容的沉痛悲哀。

“命中注定啊，一切都是命中注定啊。”了然一无所知，仍旧微闭着眼低声说道，“我去取吊钟，吊钟没有被熔化掉，完好地保存了下来。然后在回程的船里，我听竹藏说了阿一活着的消息。紧接着，金田一先生你又通知我千万死了……一切都是命中注定啊。千万的死和阿一的生还，还有吊钟……我感觉嘉右卫门老爷的怨恨依然没有散去，他真真切切地在注视着我们。这三项条件只要缺一项，三姐妹就不会被杀了。可条件实在是太齐全了……千万的死，阿一的生还，还有那口吊钟……”

金田一耕助与矶川警部又对视一眼。两人不约而同地发出一声绝望沉重的叹息。

了然面不改色，继续说道：“金田一先生，我是出家人，是和尚。但我想你大概也知道，我并不是那么迷信。然而，当三项条件全部具备的时候，我还是觉得毛骨悚然。冥冥之中似乎有一种肉眼看不到的力量在控制着我们。而且，前任船东嘉右卫门老爷与我们之间也有很深的情分。就是这样。”

他的脸上浮起可怕的笑容。

“况且，那三姐妹杀了也不值得惋惜。哈哈哈。啊，哎呀，抱歉打断你的话了。金田一先生，你再接着往下讲吧。”

了然实非凡人。不，也许到他这年纪，从一切物欲中解脱出来、完成大业的安心感令他不再进行无谓的垂死挣扎，成就了他坦荡大气的品格。

“警部、师父，请你们听我说。”金田一耕助用沉痛的语气开了口，“我刚才很自以为是地说了那些话，也提到自己很早之前就察觉这几起案件背后还残留着嘉右卫门老爷的阴影。但那是骗人的。其实，我发现这一点是在所有的事情都结束以后。而且，专门给我留下路标、让我发现这一点的，不是别人，正是了然师父。师父早已知道了我的身份。为实现公平对决，师父把解开案件谜团的关键，即那扇发句屏风摆到了我的眼前。然而在一切都结束以前，我并没有识破。当然，这一方面怪我自己愚钝，但另一方面，也因为我上了您的当，师父！”

这时，了然的眉毛第一次微微抽动了一下，莫名其妙地重新盯着金田一耕助。

耕助紧接着说：“不，师父绝对没有欺骗我的打算，是我完全误会了。而且直到最后关头，这个误会也在硬把我往死胡同里拖。但在谈这个误会之前，我还是按顺序，从最初阿花被杀说起。因为警部还不知道详情。”

金田一耕助把碗底剩下的、褪成红褐色的茶水送进嘴里。黑色茶渣停留在舌头上，略带苦味。了然似乎注意到了，起身去方丈拿来烧水用的铁壶和小茶壶。

“疯子”的错觉

“阿花被杀是在给千万太守灵的那天晚上，对吧？当晚，阿花在六点十五分前后离开了本鬼头家。之后一直到了然师父发现尸体倒吊在老梅树上，任何人都没有再见过她的身影。这件事让我非常苦恼。假如六点十五分前后走出家门的阿花直接去了千光寺，按说一定有人遇到她才对。但事实却是没有一个人见过她。阿花到底在哪儿？还有，她是什么时候到千光寺来的……在这里，我必须承认，因为某种先入为主的观念，我的想法里产生了一个很大的盲点。那就是：倒吊在老梅树树枝上的阿花当然是在千光寺内被杀的。另外一个盲点是：我以为凶手杀死阿花之后就把她倒吊了起来，这两个行动是相继发生的。换句话说，我认为凶手把阿花杀掉后立即将尸体吊到了案发现场的老梅树上。我被这两个盲点蒙住了眼睛，很长一段时间都没能看清阿花被杀的真相。其实，这两种想法根本无凭无据。阿花并非在千光寺被杀，尸体后来才被运到了寺里。所以，尽管阿花被杀的时刻与被吊到老梅树上的时刻间隔很久，却没有丝毫不合理之处。发现这一事实让我花费了相当长的时间。但一发现这一点，覆盖在我眼睛上的灰尘似乎也即刻被一扫而空，我看清了阿花被杀的真相。”

金田一耕助说到这里停下来，喝了口了然帮他倒的茶润了润喉咙，接着说：“那天晚上，阿花六点十五分前后走出家门，紧接着就爬上羊肠小道，前往坡道半路上的土地庙，藏了进去。恐怕是凶手，也就是了然师父指示她这么做的。当然，师父利用了鹈饲的名字。您恐怕是冒用鹈饲之名写了封信，然后直接交给了阿花，并且可能还跟阿花说自己是受鹈饲所托什么的……可怜的阿花不懂得怀疑人，何况送信人是师父，她更没有理由怀疑。于是她兴冲冲地出了家门，按照信上的指示藏到了土地庙里，兴奋不安地热切盼望着鹈饲的到来。因此，我六点二十左右走出千光寺，经过土地庙前的时候，阿花已经在庙里面了。而我下了坡道之后，竹藏随即上了坡道向千光寺走来。竹藏在山门前遇到了了然师父。那时候，了泽在师父的命令下，回寺里去取一件根本不可能找到的‘落下的东西’。接下来，了然师父与竹藏两人结伴走下羊肠小道。因为竹藏的出现不在预料之中，师父有点儿伤脑筋。您就是想一个人走下坡道，才让我先去分鬼头家报信，又让了泽回去取东西的。但万万没料到竹藏出现了。没有办法，您只能故意弄断木屐带子，让竹藏先走一步，随后再追他。这样，独自一人的了然师父拍了拍土地庙的墙壁，叫阿花出来。阿花原本就毫无防备，立刻把头探了出来。师父就用铁如意……师父，您的如意当凶器真是正合适。用那如意咚地一击，阿花不声不响地倒了下来。慎重起见，您又用布手巾使劲勒了勒她的脖子，然后锁上格子门。算下来，整个过程花了还不到两分钟。然后，您若无其事地走下坡道，跟竹藏会合。就在这时，了泽也走了下来。你们三个人正要一起走的时候，刚好我也从分鬼头家那边折返回来，于是碰了头。警部，您听我这么说也知道了吧，杀人手法越简单，成功的概率越高啊。这手法多大胆，没有任何技巧可言。而且从我的角度来看，既然在羊肠小道下面相遇时，了然师父、了泽和竹藏三个人在一起，那他们肯定是从离开寺院后就一直在一起了。我无论如何都没有想到，了然师父居然在半路上干脆利索地做了一件那么可怕的事。”

了然沉默不语，依旧面不改色地听着。然而，沉默代表他承认了金田一耕助所说的每一句话。矶川警部禁不住用一种近乎充满敬意的眼神望向了然。

“就这样，阿花被杀掉了。但师父的任务并没有到此结束。不，应该说接下来的工作才是师父真正要做的——必须把阿花的尸体运回寺里，倒吊在老梅树上。如果省略这一步，杀阿花对师父来说就没有任何意义了。但是，这项工作跟杀阿花一样，不，您使用了更大胆更没有技巧的手法。守灵的时候，大家发现阿花失踪了，于是决定分头到她可能去的地方寻找。师父便非常自然地分配好人手，然后一个人提前回了寺里。这样安排顺理成章，以至于所有人都没能揣测到师父的真正意图。而且，师父绝对没干出火急火燎、在众人看不见的情况下回到寺里这等极不自然的事。我们，我、了泽还有竹藏在羊肠小道下面会合的时候，师父还走在羊肠小道上。这真是无法形容！师父当时正背着花子的尸体！”

金田一耕助微微哆嗦了一下。矶川警部惊讶得目瞪口呆。了然则依然保持着从容不迫的神情。

金田一耕助深吸了一口气，继续说：“一回忆起当时的事，我就忍不住想对师父表示敬意。不必说，黑暗包裹了一切。不管是师父的身影，还是师父背的尸体，我们全都看不到。我们能看见的，唯有师父手里提着的灯笼发出的那点光亮。虽说如此，杀人凶手背着尸体，那样慢悠悠地走路……这绝对不是任何人都办得到的。因为比起最初看见师父的时候，我们……我们和师父之间的距离非但没有越隔越远，反倒是越来越近了。师父把握好时间走进山门，把阿花倒吊在了老梅树上。这才是他杀阿花的关键，缺了这一步，杀阿花的意义至少会丧失一半。要说原因，大概是贴在枕屏风上其角的那首俳句——‘黄莺倒吊初鸣啭’。对于了然师父来说，用阿花的尸体模拟出俳句中的情景，这与杀死阿花同等……不，比杀她还要重要。师父迫不及待地完成他的情景模拟，随后匆匆跑到山门来喊我们，并带着我们进入厨房。但这时师父才发现，多出了一名完全不在计划内的闯入者。”

金田一耕助长叹一口气。

“这名闯入者不仅对师父来说是个意外的障碍，对我来说也是制造巨大困惑的‘种子’。师父察觉此人藏在禅堂中，却故意给了他逃走的机会。对于这一点，我曾经是这样理解的：了然师父认识那个人，因为认识才会把他放走。这么说，那人肯定就是凶手……然而，事实并不是这样。那人跟师父、跟这起案件没有任何关系。只是，他可能亲眼看见了了然师父把阿花倒吊起来的一幕。不，即便没当场看到，他大概也知道在师父回去之前，老梅树上并没有吊着尸体。师父为此担心不已，所以采取了临时想到的权宜之计。至少要避免那人当场被抓，于是给了他逃跑的机会。而在事后搜山的那天晚上，我们正要逮捕那人，您却先一步从岩石后面用铁如意打死了他。”

了然依旧泰然自若。金田一耕助的语气也温和平静。任谁也看不出他们一个在指责凶手可怕的杀人行为，而另一个在接受指责。

不知为何，两人之间弥漫着一股超脱世俗的氛围。

“其实，在发生此事以前，师父还随口说过一句让我上当的话。啊，不，师父绝对不是有意要那么做，都怪我擅自曲解了。因为这个误会，我在黑暗中彷徨了很长一段时间。事情是这样的。当我们聚在倒吊的花子周围时，师父低声说了句‘是疯子，但任何人都无可奈何’。从师父当时的神态、声调来判断，那似乎是他由衷的感叹，让人丝毫感觉不出他是在装腔作势或者玩弄手段，只是把内心的想法不自觉地顺口说了出来……当时我就是这样的感觉。所以，我以为相信他的话也无妨。从这句话，我立即想到了疯子，也就是被关在禁闭室里的与三松。难道与三松跟这起案件有什么关联？这样的念头又成了导致我在错误的道路上摸索很久的重要因素。结果，当我明白这句话的真实含义时……一切已经无可挽回了。警部，师父当时说的根本不是‘是疯子，但任何人都无可奈何’，而是‘季节不对，但任何人都无可奈何’。是我擅自理解成了疯子。师父说的并不是疯子的疯，而是季节的季。所以，师父感叹的是‘季节不对，但任何人都无可奈何’。[①]为什么要发出这样的感叹？因为师父想用阿花的血肉之躯表现的俳句是‘黄莺倒吊初鸣啭’，明显在形容春天，但现在却是秋天，因此师父才会感叹‘季节不对，但既然要实现嘉右卫门的遗愿，也无可奈何’。师父感叹的，实际上是俳句的季语[②]。”

了然的脸上渐渐浮现出和蔼的微笑。金田一耕助看了他一眼，说：“啊，师父当然会笑了。但是，这并不是师父第一次笑我。这件

---

①在日语中，“疯子”与“季节不对”都可读作 KICHIGAI，故容易发生这种误会。

②在连歌、俳句中表现吟咏季节的题目的用词。

事情发生后不久，我们到正殿寻找那名闯入者的时候，我曾问师父那句话是什么意思。师父好像一开始没能理解我的意思，但很快便发现我犯了个很可笑的误会，于是用两手捂住脸，抖动着肩膀大口呼吸。那时候，我还十分自恋地以为自己的问题戳中了要害，师父才大为惊恐。殊不知，您当时是在笑我哩。我荒唐的误解令师父忍不住想捧腹大笑。您是为了不让我察觉这一点，才用两手把脸给捂起来的。我……我在伟大的师父眼中，简直幼稚得跟个小孩似的。”

“哪里哪里，没有的事，金田一先生。”

了然终于止住笑声，用安慰的眼神看着金田一耕助。那双眼睛的某处流露出慈父般的和蔼。

“你绝对不是个小孩。你很了不起，很优秀，竟然能看得这么深入。别惋惜了。毕竟不管是你还是别的什么人，都不可能阻止这些案件的发生。那么，让我听听后文吧。既然理清楚了花子的事，现在该轮到雪枝和月代了。拜托了，请解开疑团。”

“雪枝被杀的时候，最大的问题是……”

金田一耕助多少有些语塞。

“雪枝的尸体什么时候被塞到了吊钟里。根据清水的说法，他八点四十分左右经过那儿时，打着手电筒查看过吊钟，并没有发现和服袖子之类。之后他和村长走下坡道前往分鬼头家，大概十分钟后折返回来，经过吊钟旁的时候，雨哗地下大了。所以，尸体绝对不可能是在这之后被塞进吊钟里面的。为什么？因为坐在吊钟里面的雪枝除了露在吊钟外面的袖子，身上其他地方都不湿。不对，是除了背部稍微带着点湿气以外，其他地方都是干的。因此，尸体被塞进吊钟里面应该是在雨下大以前。凶手会不会是在清水和村长第一次经过吊钟旁，去分鬼头家的那段时间里塞进去的？他们往返的时间有十四分钟。在这十四分钟里，利用杠杆原理的确能轻松把雪枝的尸体塞到吊钟里面。我起初也这么认为。但仔细琢磨琢磨，总觉得这样很不自然。根据幸庵的推测，雪枝被杀于六点到七点间。即便雪枝是在七点被杀，凶手为什么要等一个半小时以上，再利用那么危险的时间把尸体塞进吊钟？而且清水说，他们第一次查看吊钟时，雨就开始零零星星地下起来了。这么说来，尸体表面多少会弄湿一些才对。然而，正如我刚才所说，尸体完全没被淋湿。为什么？为什么？为什么……思前想后，我忽然想到，尸体会不会是在更早之前，也就是清水和村长第一次经过那儿之前就被塞到了吊钟里？这样的想法不管用来解释前面的哪个疑点都是最合情合理的，但如此一来，又出现了新问题——清水和村长打着手电筒查看吊钟的时候，并没有发现和服袖子。可实际上，那截袖子不但是朝着路这边伸出来的，还是让人眼前一亮的颜色，就算手电筒的光亮很微弱，只要露在外面，根本不可能看漏。这让我也搞不明白了，只隐约感觉凶手在那儿耍了个花招，但想不出到底是什么花招……正当我为此伤透脑筋的时候，偶然在清公的理发店里听说雪枝被杀的当晚，还有一口吊钟在坡道上出现过。另外，分鬼头家的仪兵卫也说，月代她们的母亲以前表演《道成寺入钟》那出戏时，用到的纸吊钟可以从中间啪地一分为二，而且应该还放在本鬼头家的仓库里……这两件事迅速扎进了我的脑袋。知道了魔术的全部道具，也就相当于知道了魔术的谜底，再识破花招便没有了任何困难。凶手把雪枝的尸体塞到吊钟里，却只让袖子露在外面。袖子并不是凶手一时疏忽露出来的，而是他故意要让人看见。然后，凶手又从上面罩上那口纸吊钟，把真正的吊钟和露在外面的袖子全遮了起来……所以，那天晚上清水打着手电筒查看的其实是纸吊钟。”

“金田一先生，那口吊钟你昨天从海底打捞上来了吧？”

似乎是为了让金田一耕助喘口气，了然忽然插嘴问道，随后给耕助的茶碗里倒上茶。

“是的。那口吊钟的龙头上系着根很粗的绳索，绳索一端绑着一块大石头，而且那处山崖突角下面的坡道上有石头砸落的痕迹。根据这些信息，我推测事情是这样的。凶手先把绳索的一头系到罩在真吊钟外面的纸吊钟的龙头上，再把垂到山崖下的绳索另一头绑上大石头，放到山崖下的坡道旁。这样准备妥当之后，凶手首先让清水看到纸吊钟。那口吊钟的下面并没有露出和服的袖子。之后，凶手把放在山崖下坡道旁的石头推下去。纸吊钟受到石头的拉拽，上面的机关发挥作用，啪地从中间裂开，一下子就从真吊钟上面脱落下来，随即掉进海里。这样，真吊钟下面就露出了雪枝的和服袖子……我昨天晚上委婉地问过清水。他回答说：‘我好像感觉用手电筒照到的吊钟比第二天早上见到的吊钟稍微大了一点儿。可能是在晚上和早晨两个不同时间看的，才有这种错觉吧……’现在，一切都清楚了。但是，凶手为什么非要做这么麻烦的事不可……这已经不言而喻，当然是为了在时间上制造不在场证明。清水八点四十分左右经过的时候，吊钟下面并没露出和服的袖子。凶手这么做，是为了让人误以为雪枝被塞进吊钟是在清水经过之后。那么，是谁首先利用这个花招，间接地强调了自己的不在场证明……与此同时，又是谁最有机会把大石头推下去？思考到这里的时候，我几乎恐惧得快发疯了。兼具这两项条件的，除了村长，再没有别人。村长和清水一起查看了纸吊钟，又一起走下放着大石头的坡道。反正周围漆黑一片，村长肯定有机会在清水没察觉的情况下把大石头推下去……为了验证这个推测，我昨天晚上婉转地问过清水。清水说：‘我们走下山崖不久，村长说要去小便，我就一个人先往前走了。村长停住的位置确实在下面留着重物砸落痕迹的山崖附近。说起来，我还隐约听到了嘭的一声，似乎有东西掉进了海里。但那时海面上波涛汹涌，又是海浪声又是风声，我听得也不清楚……’”

金田一耕助说到这里停了下来，神情恍惚地望向拉门外，凝视良久。警部咳嗽了一声，催促他讲下文，他才又慢慢地说：“太恐怖了！这样的发现简直令人发疯。杀阿花的是了然师父，杀雪枝的是村长。实在太疯狂了，我自己都害怕相信这样的事实。然而，不管我在情感上有多排斥，严峻的事实都不容动摇。既然了然师父杀了阿花，村长杀了雪枝，那杀月代的是不是幸庵医生呢……这样想的时候，我几乎快疯了。但是……没有任何证据证明，月代绝对不是幸庵医生杀的。不、不，应该反过来说，除了幸庵医生以外，没有人有机会杀月代……”

“可是，金田一先生，你这样说就有点儿讲不通了。”

矶川警部第一次开了口。

“你说得没错，幸庵医生或许有杀月代的机会。但是他身体上不允许，毕竟他的左臂骨折，动不了了，而月代是被人用布手巾勒死的。单手怎么可能勒死人……”

“并非绝对不可能，警部。”

金田一耕助的声音有气无力。

“二位也知道，那种布手巾是用一整匹布染出来的。而且，月代面向的祭台右侧悬挂着一些颜色各异、类似幡旗的布条。喏，就是绑着铃铛和猫的那个。就算在它们里面掺进条没裁开又染了色的布手巾，也不可能被留意到。幸庵医生右手攥住那条布手巾的一头，偷偷走到专心祈祷的月代背后，迅速缠到她的脖子上，然后用力拉拽……因为布手巾的另一头固定在门框上，所以幸庵医生单手足能把月代勒死。等到月代断了气，他又把布手巾裁成合适的长度。警部，您还记得吗？那条布手巾非常脏，唯独切口很新。就是凭借这种方法，幸庵医生成功地单手实施了用布手巾勒死他人这种原本不可能的犯罪。”

夕阳西斜。寂静无声的书斋内，只有矶川警部令人压抑的急促呼吸声不绝于耳。过了许久，他才边擦拭着额头上黏糊糊的汗水，边用沙哑的声音说出这么一番话：

“啊呀，这到底是怎么回事！了然师父、村长、幸庵医生，难道犯罪天才全聚到狱门岛上了？”

“不，并非如此。”金田一耕助纠正道，“刚才我也说了。了然师父也好，村长也好，幸庵医生也好，他们都不过是杀人的工具罢了。策划这三起恐怖杀人案的，不是别人，正是已经去世的前任船东嘉右卫门老爷。警部，您也听说了吧？嘉右卫门老爷去世前，因为中风，左手不听使唤了。后来，他想出了杀月代的方法。幸庵医生为原样照搬，才故意弄断了自己的左胳膊。关于这一点，师父应该会告诉我们详情吧。”

金田一耕助的话戛然而止。

封建的、过于封建的

日落西山，周围渐渐暗下来。书斋外下起了蒙蒙细雨。警部站起身，打开电灯。冰冷雪白的灯光如水般流进书斋，照亮了外廊边被雨打湿的八角金盘。

了然仍旧双眼半闭，一副虚心倾听的模样坐在原地，又宽又厚的嘴唇却缓缓动了起来。

“太阁大人临终之时……嘉右卫门老爷最后心里有多难过多悲痛，你应该已经从岛上百姓的口中听说了吧？”

他的语气里透出脱离世俗羁绊、流水似的淡泊从容，低沉而有力的声音缕述了事情的前因后果。

“也难怪嘉右卫门老爷会那么伤感。毕竟他至关重要的继承人——儿子与三松蠢事做尽之后成了那样子，两个宝贝孙子又都上了战场，生死未卜。剩下的净是女人，而且本鬼头家的三姐妹没一个成器，偏偏分鬼头家的志保又利用那个叫鹈饲的小伙子来招惹那姐妹仨。嘉右卫门老爷死也死得不安心啊。战争结束的时候，他病倒过一回，落下个半身不遂，终究算是勉强闯过了鬼门关。但十月初再病倒之后……这回所有人都觉得他已经不行了。他本人好像也有所预料，可是满怀的怨恨不放过他。一想到本鬼头家的未来，他就如遭地狱业火焚烧般痛苦万分，以致迟迟无法瞑目。临咽气前两天，嘉右卫门老爷把我、村长和幸庵一起叫到他的枕边，说了些奇怪的话。时至今日，只要我闭上眼睛，还能感觉到他的声音在我的耳朵深处回响。他大致是这样说的：‘大家听我说。我昨晚做了一个很不可思议的梦。我梦到自己把月代、雪枝和花子杀了，而且，杀人方式简直美得无法形容……’他说的时候，脸上浮现出了可怕的笑容。我们三个面面相觑，但他不管不顾，一股脑地说出了金田一耕助先生刚才说的那三种杀人方式。嘉右卫门老爷在内心怨恨的支配下，反反复复地说着那些话。他说做梦，但肯定不是。自从第一次病倒，不、不，应该远远早于那以前，他就经年累月挖空心思地琢磨这件事了。以前他动不动就对我们这几个亲近的人说：‘要是千万太死了，阿一活着回来，我就亲手把那姐妹仨杀了。’听着像玩笑话，其实不是。说完杀人方式，嘉右卫门老爷又说：‘本来必须由我亲自动手的，可现在这身体不行了，况且我也不久于人世。按说应该趁着还硬朗的时候动手，但千万太和阿一都杳无音讯。我不想白白杀掉她们，所以一直等到了现在。临走之前，我心里只有这一件事放不下。师父、村长、幸庵，如果你们可怜我，就帮我完成这个愿望吧。假如千万太死了，阿一活着回来，你们就照我说的方法把那碍事的姐妹仨杀了。这是给我的最好供养……’他流着泪，对我们三个人拜了拜，然后从枕头底下拿出三张彩纸，说：‘这个留给你们当纪念。看到这个，你们就不会忘记我的遗言。’随后又重复了一遍杀死每个女孩的方法，说：‘那就拜托你们，求求你们了。如果违背我的遗言，我让你们七世遭殃。’分给我的是其角那首俳句，分给村长的是‘头盔压顶蟋蟀鸣’，分给幸庵的是‘一家游女萩和月’。这三张彩纸就贴在前几天送到金田一先生枕边的那对屏风上，你大概也看到了吧？要说我为什么要这样做，因为我从村长那里听说了你的身份。村长记得你的名字。他找出旧报纸核对了一下，确认无误。知道你是个名侦探之后，我意识到，你应该是从千万那里听到了点儿什么才来这里的。因此，我觉得不给你点儿线索就直接动手未免太卑鄙了。假如你真的是位了不起的侦探，应该可以解开发句之谜。要是解不开，只能算你愚钝了，根本不配被称作名侦探。不管怎么说，我始终认为把决定胜负的那三张彩纸藏起来是龌龊之举。于是，我不顾村长和幸庵的反对，执意把屏风送到了你眼前。结果，我们完败。不过，败得好。败了也没关系，败得心服口服啊……哈哈。话离题了，接着说嘉右卫门老爷的遗言吧。你们要是见着他那副悲痛的模样，绝对也不会狠下心来拒绝的。当时我的眼泪吧嗒吧嗒掉了下来，那么刚强的嘉右卫门老爷怎么会落到如此悲惨的境地！想到这里，我忍不住为他的可怜流泪，没去考虑人的复仇心有多冷酷。我说：'老爷子，你就放心吧。如果出现千万死了、阿一活着回来的情况，我们一定照着你说的去做。即便日后下地狱，我也会把花子的尸体倒吊在老梅树上的。请我佛药师如来明鉴，此话绝无半点儿虚假。'村长和幸庵尽管吓得连连后退，却也不得不跟着起誓。或许嘉右卫门老爷感到安心了，两天后便离世而去。"

金田一耕助和警部默然无语，静静地听着。这悲哀而无常的故事仿佛讲述了一位战国武将的人生末路。

了然的脸色也逐渐黯淡下来。

"嘉右卫门老爷的葬礼之后不久，我、村长和幸庵三个人单独谈过。当时，幸庵忧心忡忡地问我：'师父，你结下那样的约定，真的要履行吗？'我朗声大笑，说：'怎么可能，嘉右卫门老爷那是疯了。就算想完成他的遗愿，也不可能办到。'他们问：'为什么，怎么不可能办到？'我回答：'吊钟啊，这座岛上哪儿有吊钟？嘉右卫门老爷神志不清，忘记已经把吊钟捐出去的事了。没有吊钟，根本完不成‘头盔压顶蟋蟀鸣’。若是那样，村长就不用履行约定了。既然村长可以不守约，也没道理怪我们食言。’听我这么说，村长和幸庵都卸下肩头重担般放下心来……可是……可是……”

了然脸上第一次流露出痛苦之色。

“嘉右卫门老爷去世后过了一年，就是前一段时间，吴市那边通知我去领吊钟。我吃了一惊，心扑通扑通直跳，隐约有种不祥的预感。置之不理也说不过去，我便索性到吴市一探究竟。吊钟竟然没被熔掉，完好无损地保留了下来。办好申领手续，回来的船上……刚才也提到过，阿一的生还和千万的死讯就像给了我当头一棒。村长跟幸庵也是同样的感受，不、不，他们比我更感到恐惧。后来，我们只要聚到一起，便讨论该怎么办、出了什么事。但其实，我的心已经平静下来了。条件太齐全了。我们害怕这是嘉右卫门老爷的怨恨起了作用。而且，在一年的监护过程中，我曾仔细地观察过那三姐妹。她们简直像发情的母猫似的，和那个叫鹈饲的男人乱搞。日后势必会出现第二个第三个鹈饲，这显而易见。我想，杀她们是种慈悲，既对她们自身好，也对世间有益。于是，我对村长和幸庵说：‘你们要怎么做随便你们，我要履行约定，你们要是想报警就去报吧。不过，嘉右卫门老爷的怨恨和我的诅咒一定会让你们生不如死。’两个人听了这话并没有当真。等我把花子杀了，倒吊在老梅树上，他们才心惊胆战、张皇失措，终于知道了我的决心有多坚定。比起嘉右卫门老爷的怨恨，他们更害怕我这活人的诅咒。既然我毅然决然地履行了约定……他们也彻底断了念想。首先行动的是村长，接着是幸庵。我同情他们俩，也曾打算万一东窗事发，独自担下所有罪名……”

了然深深地叹了口气，转头看向金田一耕助。

“金田一先生。”

“嗯？”

“村长和幸庵怎么样了？”

金田一耕助与矶川警部对视一眼。

“村长昨晚逃离岛上了。师父，是您提醒他的吧？”

了然露出略带苦涩的微笑。

“昨天看到你从海里把纸吊钟捞上来，我就知道大势已去，毕竟你连这都看出来了。弄虚作假、独自担下所有罪名是行不通了，于是我去提醒村长和幸庵。但幸庵又是烂醉如泥，我只能回来了。村长逃走了啊？那幸庵呢？”

“幸庵医生……”

“幸庵怎么了？”

“他刚才疯了……”

“疯了？”

了然双眼圆瞪，几乎胀破。片刻之后，他又现出消沉的神情，重重地叹了口气。

“是吗……不，应该是那样吧。他胆子小得很，翻来覆去地老是去想……”

“不，不光是这样。今天，清水那儿接到笠冈总局打来的电话……”金田一耕助的语尾颤抖着消失了。

了然莫名其妙地皱起眉头。“笠冈总局打来电话？金田一先生，这跟幸庵有什么关系吗？”

金田一耕助叹了口气。“这件事我其实不想说出来，如果能不说，我真想就这么让它过去。笠冈那边打来电话说，在神户抓到了一个复员诈骗犯，听说是从缅甸复员的军人。他挨家挨户到没有复员的战友家中进行诈骗。那家伙说，只要是去通知战友还活着，家属就会特别高兴，不但请他吃饭，还会送礼物给他。但要是去通知战友已经死了，待遇就不这么好了。于是他心生一计，决定即便是已死的战友，他也谎称活着……”

了然脸上顿时现出慌乱不安的神色，呼吸也急促起来。“金、金田一先生，莫、莫非阿一他……”

金田一耕助不忍心去看了然。他知道，这句话一旦出口，必定会将了然筑起的自我安慰的楼阁残忍地摧毁。

“是的，他死了。那个诈骗犯担心如果照实说，谢礼会很少，所以才……啊，师父！”

了然忽然站起身，金田一耕助和矶川警部大吃一惊，也跟着站了起来。

很长一段时间，了然纹丝不动，瞪大的双眼仿佛没有生命力的玻璃珠般失去了原有的光芒，呆滞而浑浊。他想说些什么，却发不出任何声音，只剩下嘴唇一张一合。他看看金田一耕助，又看看警部，缓缓地摇了摇头……紧接着，他两边脸颊上蚯蚓似的血管猛地鼓胀起来，脸色也瞬间变成可怕的潮红。

“南无……嘉右卫门老爷。”

“啊！师父！”

金田一耕助和矶川警部一左一右跑了过去。了然像是想甩开他们的手，朽木般咕咚一声仰面倒地。

他就这么去世了。

终章　金田一耕助离开狱门岛

金田一耕助要离开狱门岛了。清水、竹藏和理发店的清公把他送到码头。不知道是不是因为前几天天气太好，今天又下起蒙蒙细雨来。

“清水，还是不知道村长的下落吗？”

“不知道。岛上的人都在议论，村长说不定已经在不为人知的地方悄悄自杀了。”

“这样啊……”

大家不再作声，默默地站在码头上。金田一耕助只觉无限寂寥，似有刺骨寒风袭过心头，胸中盈溢着难以形容的悲哀。

“怎么了？怎么了？怎么了？”忽然，清公连珠炮似的问，“大伙儿干吗这么垂头丧气！先生可是赢了，你们能不能高兴点啊！先生您也是，瞧那副无精打采的样子。先生，在岛上早苗的确是个美人，但您去东京看看，她那样的遍地都是，根本用不着在这儿愁眉苦脸。哎，竹藏，这话可不能告诉早苗。”

清公的话算是击中了要害。昨天，金田一耕助问早苗想不想去东京。对于这么唐突的提议，早苗吃了一惊，浑圆的眼睛睁得老大。等到领会了这句话背后的含义，她慢慢地垂下眼帘，然后轻声说了这么一番话："不，我还是留在这里吧。哥哥和本鬼头家的哥哥都死了，我也很清楚今后的日子有多么艰难。这座岛在发生巨变，整个日本也在发生巨变，船东也不能再做昔日那种美梦了。然而，越是艰难，我越是必须留下去。最近岛上会回来很多复员的年轻人。我会从他们里面选一位好丈夫，坚持守护本鬼头家到最后一刻。如果不那么做，祖父的魂灵也无法安心离开这个家。生于岛上的人要死在岛上，这是多少年来定下的规矩。不过……谢谢您。我今后不会再见您了。"

早苗扭过脸，踉踉跄跄地离去……

"竹藏，本鬼头家就拜托你了。毕竟了然师父、村长和幸庵医生他们都不在了……"

"先生，即便粉身碎骨，我也会保卫本鬼头家……"竹藏用袖子擦了擦眼睛。

不久，熟悉的白龙号驶了过来。

"大家保重！"

"先生，保重！"

"金田一先生，安顿下来了请通知我们。逮到村长的话，我会告诉您的。"

驳船正要离开码头，栈桥那边慌里慌张地跑来一个人。是一身复员军人打扮的鹈饲章三。他连伞也没打，浑身湿淋淋的，非常狼狈。

“哈哈哈，鹈饲，你终于被赶出来了。分鬼头家的老板娘到底还是只认现钱啊！”清公刻薄地讽刺道。

鹈饲满脸通红，使劲缩着肩膀，匆匆跳上驳船。

是啊，这就对了。这里不是外乡人该长待的地方。

驳船静静划出去的时候，纷飞细雨中传来阵阵钟声。

了泽在撞钟为金田一送行。那口充满可怕回忆的吊钟啊……

金田一耕助忽地站起身。

“南无……”

他对着烟雨迷蒙的狱门岛合掌念道。